長編小説

人妻ご奉仕課

橘 真児

竹書房文庫

目次

※この作品は竹書房文庫のために
書き下ろされたものです。

第一章　女上司にご奉仕

1

一般的に誰かに呼び出されるというのは、あまりいい気分がしないものだ。いったい何の用件なのか、何かやらかしただろうかと、身に覚えがなくてもドキドキしてしまうもの。

例外は、体育館の裏や校舎の屋上に女の子から呼び出され、告白をされることぐらいか。とは言え、あいにくと榊《さかき》陽《よう》一郎《いちろう》は、そういう経験が一度もない。

いや、告白どころか、異性とお付き合いをしたことすら皆無だった。

二十五歳の今日に至るまで、セックスをしたのも一度きり。それも酔った勢いで、ソープランドで童貞を卒業したのみだ。こんなものかという後悔ばかりが大きく、以来、風俗には足を踏み入れていない。

かように、異性にまったく縁のなかった陽一郎が、あろうことか女性に呼び出されたのである。それも絶対に手の届かない、それこそ雲の上にいるようなひとに。

(いったいどうしておれが……)

緊張のあまり手汗をかきながら、エレベータで最上階へ向かう。とは言え、べつに校舎の屋上に呼び出されたのではない。すでに学生ではないのだから当然だ。

ここは陽一郎が勤める「北多摩製薬《きたたませいやく》」の自社ビルである。従業員数二百名ほどで、業界では中堅に位置する。

今の社長が二代目だから、会社の歴史はさほど古くない。だが、市販薬のみならず、処方薬でも評価の高い商品を開発、販売することで、業績は右肩上がりであった。

だからこそ、不景気のご時世でも、毎年新規採用を募集していた。そのおかげで、まったく名前の知られていない大学に一浪して入った陽一郎でも、どうにか就職できたわけである。

かくして、決して嘱望《しょくぼう》された人材ではなかったから、期待に見合う実績が上げられていたかどうか、我ながら心もとない。そのため、急な呼び出しにも不安しか覚えていなかった。

エレベータが最上階に到着する。目的の部屋は、やけに静まり返ったフロアの最奥だ。他と違ってドアが木製で、見るからに重厚な雰囲気を漂わせている。

なぜなら、そこは社長室だったからだ。

(どうしておれが社長に呼ばれたんだろう……)

もしも陽一郎が優秀なキャリア社員だったら、昇進を命じられるのではないかとか、重要な役に任命されるのではないかなどと、期待するところである。

実情は、この四月で入社二年目の平社員。所属する営業部の主任や課長に叱られることはあっても、褒められたことなんて一度もない。

(だからって、社長からじきじきに叱られることはないと思うんだけど)

できない生徒が担任を通り越して、いきなり校長室へ来なさいと言われるようなものだ。まずあり得ない。

先に、彼は女性の呼び出しを受けたと述べた。実は、北多摩製薬の社長は女性である。創業者の娘で、文字通りの二代目だ。

年は四十一歳だから、経営者としては若いほうだろう。跡継ぎに婿養子を取ったことがあったそうだが、十年近く前に死別してからはずっと独《ひと》りだと、上司に教えられたことがあった。

そんな未亡人社長と対面するのは、一年前の入社式で訓辞《くんじ》を聞いて以来である。普段は遠くから見かけるときはあっても、半径五メートル以内に近づいたことはなかったのだ。

（あ、そう言えば、採用試験の面接にも社長がいたんだっけ）

事前に社長の尊顔など調べていなかったから、五名ほどが並んだ面接官の末席にいた女性が社長だなんて、思いもしなかったのだ。

彼女は質問をまったくせず、値踏みするみたいに採用希望者たちを見つめ、メモを取っていた。そのため、記録係の女性だとばかり思っていた。おかげで、入社式で壇上に上がった社長を目にするなり、かなり驚いたのである。

そんなことを思い出して、陽一郎はもしやと訝《いぶか》った。

（もしかしたら、社長は新入社員をずっと見張っていたんだろうか）

我が社のためになる人材かどうか、入社前から観察を続け、ここにきてその結果を宣告するつもりなのだとか。

だとすれば、もっとしっかり働けと檄《げき》を飛ばされるに違いない。お説教をされるのは確定的だと、ますます気が重くなる。

しかしながら逃げるわけにもいかず、陽一郎は覚悟を決めてドアをノックした。

「はい、どうぞ」

返事があり、「失礼します」とドアを開ける。けれど、そこはまだ社長室の本丸ではなかった。

「どのようなご用件でしょうか？」

手狭な部屋にデスクがひとつ。そこにいた女性は社長ではなく、まだ三十路《みそじ》前後と若かった。どうやら秘書らしい。

いかにも生真面目《きまじめ》そうな黒縁眼鏡と引っ詰め髪、塵《ちり》ひとつついていないパリッとしたスーツ姿は、清潔感と同時に堅物《かたぶつ》な印象もあった。そのせいで、社長と対峙《たいじ》する前から、緊張がピークに達してしまう。

「あ、あの、営業二課の榊と申します。社長に呼ばれて伺ったのですが」

「承知しました。しばらくお待ちください」

デスクから立ちあがった秘書が、隣に通じるドアをノックする。その前に、彼女が首に提げた社員証が目に入り、「郷田《ごうだ》」という苗字だけが確認できた。

「社長、営業部の榊さんがいらっしゃいました」

秘書がドアを開けて声をかけると、「通してちょうだい」と声が聞こえる。

「では、こちらへどうぞ」

「あ、はい」

緊張で心臓を音高く鳴らしながら、小部屋を抜けて本丸に突入する。

「失礼いたします」

室内を見る前に、戸口で深々と頭を下げる。すると、「こっちへ来なさい」と声をかけられた。

「あ、はい」

顔をあげ、陽一郎は改めて社長室を見渡した。

そこは営業二課のオフィスに近い面積があるのに、窓を背にした重厚なデスクと応接セット、他に書類棚ぐらいしかない。やけに広々として映る。床は厚手の絨毯《じゅうたん》で、靴底がわずかに沈んだ。

そして、北多摩製薬の社長、真上百合《まがみゆり》がデスクの向こうで立ちあがる。

「そこへ坐りなさい」

彼女は前の応接セットに進むと、ローテーブルを挟んで並んだソファーを勧めた。

「は、はい。失礼します」

足がすくんでうまく動けなかったせいもあり、陽一郎は下座の端っこに腰をおろした。

「あら、そこでいいの？」

あきれた面持ちを浮かべつつ、百合が上座のひとり掛けに坐る。近くに寄れとは指示しなかった。

それでも、これまで半径五メートル以内に近づけなかったのである。陽一郎にとっては、恐縮せずにいられない近距離であった。

「ところで、どうしてここに呼ばれたのかわかってる？」

女社長が腕組みをして訊ねる。陽一郎はハッとして顔をあげたものの、高く組まれた熟女の美脚がまず目に入ったものだから、焦って目を伏せた。

四十路《よそじ》を越えていても、百合は肌が綺麗で若々しい。そのため、面接で彼女を見たときも、アシスタントの女性かと思ったのだ。

彼女は二代目の地位が約束されていても、最初から役員待遇だったわけではなかったという。一社員として北多摩製薬で働いていたそうだ。ただ、その当時からキャリアレディっぽかったのではないかと、今の姿からも想像できた。

スレンダーなボディに、白のスーツがよく似合っている。髪は緩やかにウェーブして肩先に届き、キリッとした美貌はいかにも気が強そうだ。社員時代も上司相手に一歩も引かず、意見を述べたのではないか。

まあ、社長の娘に言い返せる人間などいないだろうが。

とは言え、社長になって業績がアップしたことからも明らかなように、百合はできる女性である。当時から他を圧倒していたに違いない。

もちろん今も、男性役員たちから一目置かれていると聞いている。単なる世襲の七光り社長ではないのだ。仮に夫が存命でも、彼の能力や実力如何《いかん》によっては、経営権を奪い取ったかもしれない。

そういうスーパーレディだから、仮に社長という身分がなくても、陽一郎は萎縮せずにいられなかったであろう。

「どうなの？」

質問を重ねられ、思わずしゃちほこばる。

「あ、いえ……わかりません」

「そう」

百合は問い詰めることをしなかった。ただじっとこちらを見つめる。そのため、余計にプレッシャーを感じてしまった。

「それじゃあ、どうしてあなたが北多摩製薬に入れたのかはわかる？」

「は？」

「正直、出身大学もパッとしないし、成績だって優秀とは言えないわ。なのに、あなたはけっこうな倍率を戦って、こうして入社できたの。その理由はいったい何だと思うの？」

「ええと……将来性を期待されたとか」

答えながらも、陽一郎は自らにツッコミを入れた。

（――て、そんなわけないだろ）

将来性なんて、どこを捜したって見つかるまい。誰よりも自分がよくわかっている。

案の定、

「違うわ」

百合が即座に否定する。「そうですよね」と、陽一郎はうな垂れた。

「あなたが入社できたのは、わたしが推薦したからなの」

「ええっ!?」

目を見開いて仰天したのは、あまりに信じ難かったためだ。

（社長がおれを推薦……）

ということは、何か思うところがあったというのか。もっとも、それがなんなのか、さっぱりわからなかった。

「あの……社長はどうしておれ――僕を推薦してくださったのでしょうか？」

陽一郎は恐る恐る訊ねた。

「仕事の能力を見込んでじゃないのは確かね」

だったらどうしてと、ますます疑問がふくらむ。

「榊君の同期入社は何人？」

「あ、六名です」

「男女の内訳は？」

「ええと、男が僕を入れてふたり。あとの四人は女性です」

「それが何を意味するのかわかる？」

「……いいえ」

「男がだらしないってことなのよ」

強い口調できっぱりと言われ、陽一郎は居住まいを正した。自分がだらしのない男の代表として、叱られている気がしたからだ。

「昔は学校でも生徒を成績順で並べると、男が上位にきてたみたいだけど、そんな時代は二十年も前に終わってるの。今や勉強ができるのは真面目な女の子たちで、男たちは完全に蹴落とされちゃってるのよ。ほら、どこぞの医大で、男子受験生の成績に下駄を履かせて、優先的に入学させたっていうのがあったでしょ。そうしないと、合格者は女子だらけになっちゃうからよ」

そんなことが確かにあったなと、陽一郎はうなずいた。

自分の学生時代を振り返っても、成績上位者は女子が多かった。高校の古参教師が、昔の男子はもっと優秀だったと嘆いたこともあった。

「身体能力はともかくとして、今や学業や研究といった頭脳分野では、女性がいなくちゃ何も進まなくなっているの。ところが、世の中は未だに男社会で、無能な男たちが世の中を動かしているわけ。これは我が社も例外じゃないわ。社長のわたしは女だけど、他の役員連中はみんな男だもの」

百合が噴まんやるかたない面持ちで言い放つ。社内のことも含めて、現状にかなりの不満を持っているようだ。

「そういう歪んだ現状のしわ寄せが、みんな女性のところに集まっているの。女性が能力に見合った活躍ができないのは、馬鹿な男たちのストレスで押し潰《つぶ》されそうになっているからなのよ」

彼女の言い分はわからないではない。たしかに学生時代は、優秀な女子たちに男子は押されていた。ところが、いざ社会に出ると、そういった女性たちの活躍の場は狭められている。古くからの男性上位の考えが、未だに染みついているのだ。

しかし、どうして男である自分を呼んで、そんな話をするのだろう。役員たちにお説教して、もっと女子社員に活躍の場を与えろというのならわかるのだが。

その疑問が顔に出たのか、女社長がうなずいて脚を組みかえる。タイトミニの奥、黒いパンストの付け根部分が一瞬見えた気がして、陽一郎は焦って天井を見あげた。不躾《ぶしつけ》な視線を咎《とが》められたくなかったからだ。

「そういうわけで、わたしは会社の女性たちのために新しい部署を設立したの。ストレスフルな状況にあって悩みを抱えたり、実力を発揮できないでいる彼女たちを救うためにね」

「新しい部署……」

「その課の、今年度の担当に、あなたを任命します」

「え、えっ？」

訳がわからず、陽一郎は狼狽《ろうばい》した。

「まだ設立二年目で、手探り状態のところはあるんだけど、一定の成果は上げてきたわ。だから、今年は榊君が引き継いで、いっそう活躍してくれることを期待するわね」

「いや、あの、それってなんていう部署なんですか？」

「御奉仕課よ」

「ごほうし……え？」

「困っている女性社員に奉仕して、活躍できるよう励ます課なの」

言われて、「ごほうし」が「御奉仕」であるとようやく理解する。ただ、何をするのかはさっぱりわからなかったが。

「ええと、具体的には何をすればいいんですか？」

「それは相手次第ね。それぞれに抱えているものが違うんだから、そのひとに合った対処をしなくちゃいけないの。悩みを聞き出して、あとはどうすればいいのか、あなたが考えるのよ」

つまり、臨機応変な対応が求められるというのか。それも、ストレスを抱えて困っている女性たちのために。

「む、無理です！」

思わず大きな声を上げてしまうと、百合が眉間《みけん》に縦ジワを刻む。

「無理って、どうして？」

「それは――」

女性に慣れていないからだと告げようとして、口を引き結ぶ。素人童貞でも、男としてのプライドがあるのだ。

「そう、できないの。だったら、辞めてもらうしかないわね」

いきなりのクビ宣告に、陽一郎は「そんなあ」と情けなく顔を歪めた。社長を相手に失礼な言動であるが、たった一年働いただけで放り出されようとしているのだ。なり振りかまっていられるものか。

「いい？　わたしはこの役目に相応《ふさわ》しいと思ったからこそ、あなたを北多摩製薬に採用したの。でなければ、給与をドブに捨てるような真似をするわけないでしょ」

身も蓋もないことを言われ、肩を落とす。仕事ができないのは事実だから、反論などできなかった。

「……あの、どうして僕が、御奉仕課に相応しいと考えられたんですか？」

そのために採用したということは、営業部での一年は何だったのかと思えてくる。

「んー、言葉で説明するのは難しいんだけど、ひとつには警戒されにくいってことかしら」

「警戒……」

「要は安心できるってことでもあるんだけどね」

百合が再び脚を組みかえる。理解し難い命令に戸惑っていたから、陽一郎は彼女の下半身に視線を向ける余裕などなかった。

「だいたい、女性に奉仕しなさいなんて言われても、ほとんどの男は女性を下に見ているから、どうしても上から目線で対応しちゃうの。そうなるとストレスを軽減するどころか、ますますイラつかせるじゃない。だけど、榊君はそういうことはなさそうだし、むしろ頼りないぶん、女性は素直な気持ちをぶつけやすいの」

任務に相応しいと認められているようながら、少しも褒められている気がしない。単に気が弱くて、付け込みやすいだけの人間だと思われているからだ。

「それに、ダメなところが母性本能をくすぐるから、女性たちのほうが榊君に優越感を抱いて、気がつかないうちにストレスを解消できる場合もあるはずよ」

やはり男として、取るに足らないと思われているのだ。女社長にそこまで言われて、落ちこまないはずがない。

「……あの、だったら、入社してすぐ御奉仕課に配属させないで、営業部で働かせたのはなぜなんですか？」

「本当に役目に相応しいか見極めるためよ。会社の発展に関わる重要な仕事をしてもらうんだから、人材選びは慎重にやらなくちゃ」

わざわざ御奉仕課を設立するぐらいだから、百合は女性社員にかなり期待しているようだ。同性ゆえというばかりでなく、やはり能力を認めてなのだろう。

「それに、もしかしたら榊君が営業で頭角を現すかもしれないじゃない。そうなったら、営業一本でバリバリやってもらうつもりでいたけれど、残念ながら見込みどおりだったわ」

つまり、営業社員としては失格ということだ。配属替えとは言え出世ではなく、窓際に追いやられるにも等しいのではないか。

「あと、勘違いしないでもらいたいんだけど、榊君は今後も営業部に所属してもらうわよ」

「え？」

「御奉仕課は非公式で、それこそ当事者以外は知らない部署なの。そもそも提案したところで、役員連中は認めないだろうし」

「確かに……」

「それに、四六時中任務があるわけじゃないの。必要なときだけ、そっちの仕事をしてもらうことになるわ。前任者もそうだったし」

「前任者って、誰なんですか？」

「あなたも知ってると思うけど、営業二課の須田《すだ》係長よ」

「え、須田係長が!?」

陽一郎は驚いた。まさか同じ課に、そんな訳のわからない任務を負わされていた人物がいたなんて。

（そう言えば須田係長って、ときどき席をはずすときがあったな）

書類を持っていったら、デスクにいないことがあったのだ。どこに行ったのか課長に訊ねても、所用だと言われただけだった。

（てことは、社長命令の仕事を受けているって、課長は知っていたんだな）

でなければ、サボっていると咎められるであろう。どこまで広く知らせているのか定かではないものの、課長あたりまでは根回しをしてあるようだ。

須田係長は四十代で、営業二課の課長よりも年上である。仕事に関しては、お世辞にもできるとは言い難い。その点は陽一郎と共通している。

しかしながら、営業の仕事に期待できないから、御奉仕課の任務を与えたわけではあるまい。

須田係長も女性に対して居丈高《いたけだか》に振る舞ったりせず、男子社員と同じ扱いをしている。それゆえ、女子社員が彼の悪口を言うのを聞いたことがなかった。やはり人間性を認められての登用らしい。

「御奉仕課が二年目っていうことは、須田係長は一年務めただけなんですか？」

「ええ、そうよ」

「どうして一年で終わりにしたんですか？」

「本来の仕事もあるわけだから、そう長い間させるわけにはいかないじゃない。だから、須田係長とは最初から一年っていう約束だったの。それに、ある程度の成果もあげてくれたし、今後は本来の職務で女性社員の力になってくれるはずだから」

「じゃあ、僕も一年限りってことなんですね？」

「それはあなた次第よ」

女社長が腕組みをして、上半身を反らせる。上から見下すような態度をとられ、陽一郎は思わず怯《ひる》んだ。

「相談者をしっかりフォローして、彼女たちの活躍を後押しすることができたら、一年で終わりにするわ。だけど、満足できる結果が得られなかったら、さらに一年延長か、見込みがないとわかったら即刻解雇ね」

つまり、引き受けなくてもクビ、引き受けても結果が出せなければクビということになる。

（それじゃ八方塞がりじゃないか）

この会社で生き残る道はただひとつ、御奉仕課の任務をまっとうして、百合に認められるしかない。言葉にするのは簡単でも、実現にはかなりの困難が予想された。

「言っておくけど、この仕事はあなたのためでもあるのよ」

「え？」

「榊君が営業でダメ社員なのは、顧客を理解しようとする意欲や能力が不足しているからなの。だけど、御奉仕課で女性の気持ちを理解することができるようになれば、営業成績の向上にも繋《つな》がるはずよ」

確かにそうかもとうなずいた陽一郎は、百合の掌中で操られているにも等しかっただろう。

「では、北多摩製薬の社長として、営業部営業二課の榊陽一郎を、御奉仕課課員に任命します。任期はとりあえず一年。もちろん手当もつくわ。成功報酬だけど」

うまくいかなかった場合は、そのぶんタダ働きになるらしい。

「それから、営業部の上の人間には、あなたが特別な任務に携《たずさ》わることを伝えておくから、必要なときには別件の仕事でと課長に伝えて、席をはずしなさい。職務上の自由は保障してあげるわ」

「わかりました……」

「だからって、用もないのにサボったら、そのぶん給料からさっ引くわよ」

「は、はい」

「あ、そうそう。狭いけどオフィスも用意してあるから、必要だったら使いなさい。あとで鍵を渡すわ」

「え、どこにあるんですか？」

「地下よ」

そこには資料室や物品庫ぐらいしかなかったはずだ。小さな物置部屋でも片付けて、御奉仕課のオフィスにしたのではないか。

もっとも、オフィスなんて名ばかりで、大したものなど置いてあるまい。

「あと、わたしの命令で福祉的な職務に就いていることは相手に伝えてもいいけど、御奉仕課っていう名前は極力使わないでちょうだい。助けてくれる人間が社内にいることが、密かに知られるぶんにはかまわないんだけど、名前だけが独り歩きすると困るからね」

「わかりました」

あれこれ指示されるうちに、やらなければという使命感が湧いてくる。何しろ、社長から直々に任命されたのだ。やる気にさせられたのは、百合のカリスマ性ゆえかもしれない。

「では、これからよろしくお願いするわ。誰をフォローしてほしいっていうのは、わたしから連絡するけど、榊君が必要だと感じたら、自分の判断で行動してもいいわ」

「自分の判断……」

そこまで女性の気持ちが理解できるぐらいなら、とっくに彼女ができていると思ったが、黙っていた。

「ただ、連絡といっても、今後はこんなふうに呼び出すことはたぶんないわ。社内メールか、細かな説明が必要なときには内線電話を使うかもしれないけど」

ということは、前任の須田係長もそんなふうに指令を受けていたのか。

(何だか、本当に秘密の任務って感じだな)

送られてきたメールが、自動的に消滅する仕掛けでもありそうだ。何があっても、当局は一切関知しないからそのつもりでとかいう、ナントカ大作戦みたいに。

(おはよう、ヘルペス君、てな感じで呼ばれたりとか)

有名なスパイの名前を、病気と取り違えたことには気がつかない。

「じゃあ、ひとり目はこの場で伝えるわね」

「え、いきなりですか？」

「善は急げって言うでしょ」

善かどうかはさておき、心の準備がまだできていないのである。ところが、百合はこちらに了解を求めることなく、話を進めた。

「最初に助けてあげてほしいのは、榊君とも関係の深いひとよ。営業二課の市島《いちしま》さんなの」

「え、市島主任ですか!?」

陽一郎は驚きのあまり、腰を浮かせかけた。なぜなら、市島佐絵《さえ》は同じ営業二課で、新人である彼を指導する立場だったのである。

2

(確かに市島主任は、この頃ちょっとおかしかったんだよな……)

営業二課のオフィスで、手元のノートパソコンで見積書を作成しながら、陽一郎は隣の席をチラチラと窺《うかが》った。

そこでは去年一年間、営業マンとしてのノウハウをみっちり仕込んでくれた佐絵が、眉間にシワを寄せた厳しい顔を見せていた。

彼女もノートパソコンに向き合っているから、書類を作成しているのは間違いない。だが、表情ばかりでなく、振る舞いからも苛立《いらだ》ちが窺えた。

カタカタカタカタカタ……。

キーボードを叩く音が、強く響いている。他の課員も、時おり佐絵に視線をくれているから、気になるのではないか。

仕事に厳しい上司であるのは事実だ。陽一郎も何度叱られたかわからない。しかしながら、ただ怒ってばかりのひとではない。期待に添える結果を出せたときには、我が事のように喜んで褒めてくれた。まあ、そんなことは数えるほどしかなかったけれど。

佐絵は三十三歳。既婚で、夫は市役所勤めの公務員だと聞いている。

今は険しい面持ちながら、普段は人妻らしい艶《つや》やかな微笑を見せてくれる。叱ったあとに優しくフォローすることも忘れない。

上司として素晴らしいのはもちろん、女性としても魅力的だ。サスペンスドラマの主演をよく務める女優にちょっと似ており、小柄ながら熟れたボディは、営業用スーツの上からでもなかなかのプロポーションだとわかる。

もっとも、新人教育係の上司ゆえに、これまで異性として意識したことも、いやらしい目で見たこともなかった。何より、彼女は人妻なのだから。

というより、邪心など抱いて悟られたら、どやされるに違いない。そんなことを考えながらも、陽一郎はグレイのパンツスーツに包まれた女上司を、頭のてっぺんから膝あたりまで、つい眺め回してしまった。

「ん？」

視線に気がついたのか、佐絵がこちらを向く。訝る眼差《まなざ》しを浮かべられ、陽一郎は心臓が止まりそうになった。

「あ、あの、主任。ここの数値は問題ないでしょうか？」

誤魔化《ごまか》すべく、パソコンの画面を指差すと、彼女が「どれ？」と坐ったまま椅子を移動させてきた。

大人の女性のフレグランスがふわっと香る。愛用している香水のもので、以前にも嗅いだことがあるのに、妙にどぎまぎした。

「んー、いいんじゃない」

どこか素っ気ない返答に、陽一郎は（あれ？）と思った。いつもなら、もっと丁寧に確認して、細かなところを指摘してくれるのである。

（やっぱり、仕事に身が入っていないみたいだぞ）

会社の規模がそれほど大きくないので、主任といえども外回りに出る。そちらのほうも最近は不調のようで、営業成績が落ちていると、課長に注意されるところも目撃していた。

「じゃ、頑張って」

気持ちの入っていない励ましをして、佐絵が自分の仕事に戻る。だが、顔はパソコンのディスプレイに向いているものの、目に光が感じられなかった。かなり重症のようである。

（だけど、どうすればいいんだろう……）

社長命令で御奉仕課を兼ねることになり、最初に佐絵を救わねばならなくなったのだが、そのために何をすればいいのかさっぱりわからない。これが年下であるとか、自分よりも立場が下の相手であれば、相談に乗るなりできそうなのであるが。

（だいたい、ただでさえ女性に慣れていないのに、上司を助けられるわけないじゃないか）

前任の須田は係長であり、いちおう役職付きである。どの女子社員を救ったのかは定かでないものの、年下や部下であれば問題なく対処できたのではないか。

そう考えると、単なる平社員で、しかも一年しか勤めていない自分には、そもそも無理な役割と言える。

(ひょっとして、おれを体《てい》よくお払い箱にするために、社長は無茶ぶりをしたんじゃないか?)

そんなふうにも思えてきた。

(どうすればいいのか、須田係長に相談してみようかな)

後任が陽一郎であることを、彼は知っていると百合は教えてくれた。困ったことがあったら、アドバイスを求めてもかまわないとも。

ただ、初《しょ》っ端《ぱな》から頼るのも情けない。とりあえずやってみて、行き詰まったら相談するつもりでいた。

まずは自分でどうにかしてみよう。決心したところで、

「ねえ、榊君」

いきなり佐絵に話しかけられたものだから、陽一郎は心臓をバクンと音高く鳴らした。

「は、はい。ななな、何ですか?」

他ならぬ彼女のことを考えていたものだから、不審者並みにうろたえまくる。

佐絵は訝るように眉をひそめたものの、特に怪しまなかったようである。と言うより、自分のことで精一杯で、そこまでの余裕がなかったのか。

「今夜、空いてる？」

「あ、はい」

「飲みたいから、ちょっと付き合ってくれない？」

幸運にも彼女から誘われて、陽一郎は「はい、喜んで！」と勇んで返事をした。話を聞くチャンスだと思ったのだ。

これに、佐絵のほうが戸惑ったふうに目を丸くした。


定時に退社したあとにふたりが入ったのは、最寄り駅に近いところにある個室居酒屋だった。それぞれの席が板壁や障子戸でしっかり遮られており、誰にも聞かれたくない話をするのには好都合だ。

佐絵の事情を聞き出そうとしていた陽一郎には、願ってもいない場所である。ただ、そこを選んだのは彼女だった。

佐絵とは、前にもふたりで飲んだことがある。なかなか仕事がうまくいかない陽一郎に、アドバイスとお説教をするために。そのときには普通の居酒屋だったから、叱られるところを周囲に見られ、肩身の狭い思いをしたのである。

今回、個室を選んだのは、周囲を気にせず部下を叱責するためなのか。いや、仕事ぶりが思わしくないのは相変わらずでも、この頃は以前ほど注意をされなくなっている。おそらく、どこがまずいのかを自分で考えさせるために。

それに、飲みに行こうと誘うときも、これまでは話があるからと、いかにもお説教しますという口振りだった。ところが、今日は彼女自身が『飲みたいから』と言ったのだ。

（もしかしたら主任は、おれに悩み事の相談をするつもりなんじゃないだろうか）

思ったものの、さすがにそれはないかと考え直す。年上女性から頼られるような、器の大きい人間ではない。

おそらく、積もり積もったものがあって憂さ晴らしをするべく、愚痴をこぼすのにちょうどいい相手として、陽一郎が選ばれたのであろう。相手が上司では気を遣《つか》わねばならないし、同期も男性社員しかいないはずだから、弱みを見せて足を引っ張られたくないのではないか。佐絵は出世頭であるから、妬《ねた》まれることも多いと聞いた。

理由はどうあれ、御奉仕課の人間としては、ターゲットを知るいい機会である。いきなりすべてを打ち明けてはくれないまでも、話の通じる部下だと認めてもらえれば、いずれ心を許してくれるのではないか。

「何を飲むの？」

席に着くなり、向かいに坐った佐絵がメニューを開いて訊ねる。テーブルの下は掘り炬燵《ごたつ》状になっているので、正座をしなくて済むのは有り難かった。足が痺れやすいのだ。

「ええと、生ビールを」

「おつまみは？」

「あ、おまかせします」

上司に従ったほうが無難だと思ったのであるが、彼女は顔をしかめた。

「相手に合わせるのは営業の鉄則だけど、わたしたちは同じ課の人間なんだから、主張すべきところはしてかまわないのよ」

注意され、陽一郎は「すみません」と謝った。

（あれ、やっぱりお説教をするつもりなのかな？）

当てが外れたかもと焦ったものの、幸いにも、佐絵がそれ以上忠言めいたことを口にすることはなかった。

「それじゃ、乾杯」

ふたりとも生ビールを頼み、運ばれてきたジョッキをカチンと合わせる。彼女は本当に飲みたかったようで、口をつけるとコクコクと旨《うま》そうに喉を鳴らした。

「ふう」

ひと息ついてテーブルに置かれたジョッキは、中身が半分近くまで減っていた。

(主任って、こんなに飲みっぷりがよかったっけ?)

課の飲み会でもどれだけ飲んでも乱れなかったから、強いほうなのは間違いあるまい。だが、一気に杯を空けるような飲み方はしなかった。

何か鬱屈《うっくつ》したものがありそうだなと思ったとき、佐絵が首をかしげる。

「ところで、仕事のほうはどう?」

「え? ああ、ええと、相変わらずです」

他に言いようがなかったのでそう答えると、彼女は「そう」とうなずいた。これまでなら、もっとしっかりしなさいと睨《にら》まれるところである。

(おれのことにかまっている余裕がないんだな)

だったら気遣いを示せば、何か話してくれるのではないか。

「主任はいかがですか?」

問い返すと、佐絵がきょとんとした顔を見せる。

「え、わたし？」

何を言っているのかというふうに眉根を寄せられて、陽一郎は焦った。上司に向かって、さすがに僭越《せんえつ》だったと悟ったのだ。

「あ、あの、えと、近頃元気がないように見えたものですから」

「わたしが？」

「はい。なんとなくですけど、気になることがあるみたいに、仕事に身が入っていない感じがありましたし」

「へえ」

女主任が感心した面持ちで頬を緩めた。

「榊君もそこまで注意深く観察できるようになったのね」

笑顔を見せたから、褒めてくれているらしい。そして、否定しないということは、指摘は事実なのだ。

「それじゃあ、何か心配事でもあるんですか」

「まあね」

うなずいた佐絵がジョッキを口に運ぶ。喉を鳴らしながら、陽一郎をじっと見つめた。話そうかどうしようか、迷っているふうである。

ジョッキがテーブルに置かれる。彼女が居住まいを正したことで、いよいよなのだと陽一郎は身構えた。そのとき、

「失礼します」

障子戸の外から声がする。店員が注文した料理を持ってきたようだ。

(チッ、もうちょっとだったのに)

テーブルに、おしんこやもろきゅうといった簡単なものが置かれる。他のものはあとで持ってくるのだろう。早く聞き出さないと、また邪魔をされる恐れがある。

店員が障子戸を閉めると、陽一郎はさっそくとばかりに身を乗り出した。すると、

「榊君って彼女いるの？」

逆にプライベートなことを質問される。

「いえ、いません」

「お付き合いをしたことは？」

「……ないです」

情けなさを覚えつつも正直に答えると、佐絵が肩をすくめた。

「それじゃあ、話してもわからないわね」

ふうとため息までつかれ、陽一郎は傷ついた。

（そんなふうに言わなくてもいいじゃないか）

男として取るに足らないと、馬鹿にされたようでムッとする。ただ、ひとつわかったことがあった。

（つまり、主任が悩んでいるのは、男女関係のことなのか？）

しかしながら、彼女は夫がいるのだ。何を悩むことがあろうかと考えて、もしやと悟った。

「あの……旦那さんがどうかしたんですか？」

この問いかけに、三十三歳の人妻が表情を強《こわ》ばらせる。

「ど、どうしてそれを――」

言いかけて、焦ったふうに口を引き結ぶ。図星《ずぼし》だったのだ。

（じゃあ、旦那さんが浮気をしてるのか？）

夫のことで悩むとなると、それしかあるまい。ただ、そうだと決めつけられなかったのは、佐絵が浮気をされるタイプに見えなかったからである。

ふたつ年上の夫とは、三十路で結婚したと聞いている。教えてもらったわけではなく、他の女子社員と話しているのを、たまたま小耳に挟んだのだ。

つまり、結婚して三年ぐらいしか経っていないことになる。三年目の浮気がどうのなんて歌はあったけれど、子供もいないし、倦怠期《けんたい》にはまだ早いのではないか。

それに、できる女上司は、女性としての魅力にも溢れている。こんな素敵な奥さんを放っておいて、他の女と何かする男などいるものだろうか。

そのため確信が持てなかったのであるが、佐絵のほうからそれが事実であることを話しだした。

「ねえ、榊君は結婚したら、奥さん以外の女性と浮気する？」

真剣な表情で訊ねられ、陽一郎は返答に詰まった。

絶対にしないというのが、優等生の答えなのだろう。しかし、奥さんどころか恋人すらいないのに、そんなことを言っても説得力があるとは思えなかった。

それよりも、何を言えば佐絵を元気づけられるのかを考えるべきだ。

「正直、先のことはわかりません。だけど、もしも結婚相手が市島主任のように素敵な方だったら、浮気なんかしないと思います」

佐絵に負けないぐらい真剣な面持ちで告げるなり、彼女の目が大きく見開かれる。

（え？）

驚きと戸惑いが浮かんだかと思うと、たちまち潤みだした。

今にもこぼれそうに涙が盛りあがったものだから、陽一郎は焦った。何かまずいことを言って、泣かせたのかと思ったのだ。

だが、さすがに部下の前では泣けなかったようだ。佐絵はぷいと横を向き、目にゴミが入ったフリを装《よそお》って、オシボリを目頭に当てた。

「そんなお世辞を言っても、何も出ないわよ」

突き放すような口振りながら、怒らせたわけではないらしい。照れているのではないか。

いや、涙をこぼしそうになったところを見ると、感激したのかもしれない。

「ほら、もっとじゃんじゃん飲みなさい。男でしょ」

こちらを向いた女上司が、しかめっ面《つら》で顎をしゃくる。陽一郎は素直に「はい」と返事をし、ジョッキを傾けた。

3

一時間近くのあいだに、佐絵は生ビールを二杯、ウーロンハイも二杯飲み干した。アルコールが回ったことで饒舌《じょうぜつ》になり、楽しげに笑う。

仕事上の付き合いでは、いつも気を張っていたのではないか。酒は強いほうだと思うが、彼女がここまで酔った姿を見たことはなかった。

（それだけ気を許してくれたってことなんだな）

陽一郎はひとりうなずいた。まだ二杯目の生ビールを、ちびちびと喉に流し込みながら。

飲みながら、夫が浮気をしていると、佐絵は打ち明けた。とは言え、確たる証拠を摑《つか》んだわけではなく、あくまでも推測に過ぎないようだ。

それでも、彼女は間違いないと決めつけていた。

夫は、これまでしなかったパスワードロックを設定して、スマホを見られないようにしたという。おまけに、頻繁《ひんぱん》に誰かと連絡を取っているそうだ。しかも、妻に隠れてこそこそと。

仕事の話をしているのではないかと、陽一郎は別の可能性を提示した。しかし、佐絵は忌《い》ま忌ましげに眉をひそめ、市役所勤めの公務員に、秘密にしなければならない仕事などないと言い切った。公の仕事だから、何もかも開示するものだと思い込んでいるらしい。

ともあれ、すべてぶちまけたらすっきりしたようである。彼女は話題を変えると機嫌を直し、部下の男子と笑顔で言葉を交わした。

「ちょっと、こっちへ移りなさい」

佐絵がそう命じたのは、頼んだボトルワインが届いたあとだった。

「え、こっちって？」

陽一郎が首をかしげると、彼女は脇にある薄い座布団をポンポンと叩いた。

「ここよ。わたしの隣に来るの」

四人で坐れる席だから、確かに空いていると言えば空いている。だが、ふたりしかいないのに、片側にだけ坐るのは不自然ではないのか。

いや、そんなことよりも、年上の女性と並んで坐ることに、陽一郎は抵抗を禁じ得なかった。

「あの……どうして場所を移らなくちゃいけないんですか？」

怖ず怖ずと訊ねると、女上司が眉間のシワを深くした。

「あのね、男と女は向かい合わせに坐るものじゃないの。他人行儀だし、端から見たら仲違いしているみたいに映るのよ」

それは恋人同士や夫婦の場合ではないのか。むしろ、そういう間柄でない男女が並んで坐ったりしたら、あれこれ誤解されてしまう。

けれど、渋々ながら陽一郎が命令に従ったのは、佐絵が酔っているとわかったからだ。目が据わっているし、まともな論理が通用する状態ではない。

(主任って、仕事以外では悪酔いするタイプなのかも)

そんなところが夫をあきれさせ、気持ちが離れる原因になったのではないか。などと、本人にはとても言えないことを思いつつ、上司の隣に「失礼します」と腰をおろす。座布団をなるべく離して。

ところが、

「ほら、もっとこっちへ寄りなさい」

彼女に腕を掴まれ、引き寄せられてしまった。さらに、グラスになみなみと注いだワインを目の前に置かれる。

「ほら、飲みなさい。駆けつけ三杯よ」

無茶なことを言って、自らも手酌でワイングラスを満たし、

「さ、乾杯」

と、酒宴を進行させる。

(やれやれ)

酔っ払いには勝てないと、陽一郎は仕方なくグラスに口をつけた。ただ、佐絵がここまでする気持ちが理解できないわけではない。

（旦那さんが浮気してるのに、平気でいられるわけがないものな……）

現に、仕事にも身が入らなかったのである。陽一郎の言葉で涙腺が緩むほど、情緒不安定にもなっていた。誰かに縋《すが》りたくなるのは当然で、部下の若い男でもいいから、そばにいてほしいのだろう。

ここは少しでも元気になってもらわなければならない。社長に任命された御奉仕課としてではなく、あくまでも彼女の世話になった人間として、陽一郎は何ができるのかを考えた。

すると、佐絵が顔を覗き込んでくる。

「ねえ、女の子と付き合ったことがないって言ったわよね？」

質問された内容よりも、アルコールを含んだなまめかしい息が顔にふわっとかかったことに、どぎまぎさせられる。それだけ距離が近かったのだ。

「は、はい」

「てことは、アッチの経験もないの？」

「え、アッチって？」

「セックスよ」

ストレートな単語を口にされ、動悸《どうき》が一気にはね上がる。

「あ、ああ、ありますよ」

童貞だと思われてはたまらない。いや、思われるだけでなく、言いふらされそうな気がしたのだ。何しろ普段は見せない、品のないニヤニヤ笑いを浮かべていたから。

「本当に？」

彼女が訝る目で睨んでくる。まるっきり信じていないらしい。

「本当です。そりゃ、主任みたいに経験豊富じゃありませんけど」

決して厭味《いやみ》のつもりではなく、単に年上を立てたつもりだった。だが、やはり女性には失言だったようである。

「なによ、尻軽女みたいに」

佐絵がムッとした顔を見せる。逆襲のつもりか、とんでもないことを言い出した。

「だったら見せなさい」

「何をですか？」

「オチンチンよ」

「ど、どうしてですか!?」

「本当に経験があるのか確かめるのよ」

女性みたいに処女膜などないのだ。見ただけでどうしてわかるというのか。

（単にチンポが見たいだけなんじゃないのか？）

そうとしか思えない。あるいは、尻軽呼ばわりされたことへの仕返しか。

いや、浮気をしているという夫が夜の相手もしてくれないため、欲求不満なのかもしれない。

「嫌です」

きっぱり断ると、「どうして？」と首をかしげる。またなまめかしい息が顔にかかり、鼻から酔ってしまいそうだ。

「は、恥ずかしいからに決まっているでしょう」

「あー、やっぱり経験ないのね」

「どうしてそんなことが言えるんですか？」

「恥ずかしいのは、女のひとにオチンチンを見られたことがないからでしょ。つまり、童貞ってことじゃない」

そんな妙な理屈があるものか。

いくら経験していても、性器を見られて恥ずかしくないわけがない。平気な男がいるとすれば、露出狂ぐらいだ。

（だいたい、こんなところで出せるわけないじゃないか）

いくら個室とは言え、居酒屋の店内なのである。見つかったら、〝わいせつ物チン列罪〟に問われるのは確実だ。

しかしながら、酔っ払いに倫理的な忠言は通用しない。

「ほら、経験があるっていうのなら、オチンチンを出しなさい」

有無を言わせぬ態度に、陽一郎はほとほと困惑した。どうにか逃れられないかと思考を巡らしたものの、強硬手段に出られてしまう。

「あああッ！」

たまらず声を上げてしまったのは、佐絵の手がいきなり股間を鷲《わし》摑みにしたからである。

「ちょっと、大きな声を出したら店員が来ちゃうでしょ」

睨まれて、慌てて口をつぐむ。だが、声を出す原因をつくったのは、他ならぬ彼女自身なのだ。

「ちょっと、どうしてタッてないのよ？」

女主任が不満をあらわにする。際どいやりとりこそあったものの、特にエロチックな状況に置かれていたわけではないのだ。勃起などするわけがない。

とは言え、しなやかな指でモミモミと刺激されれば、膨張は避けられなかった。

「だ、駄目です、主任」

掠《かす》れ声で訴えても、彼女は聞く耳など持たない。それどころか、牡《おす》のシンボルを的確に捉え、年下の男に快感を与える。

「ふふ、大きくなってきたわ」

口許ににんまりと淫蕩《いんとう》な笑みが浮かぶ。

（主任がこんなことをするなんて――）

仕事ができる上に、ひとりの女性としても魅力に溢れ、尊敬に値する上司だったのに。いくら酔っているとは言え、ここまで乱れた振る舞いを見せられるのは、慕ってきた部下にはショックな出来事であった。

もっとも、そんな内心を嘲笑《あざわら》うみたいに、股間の分身はピンとそそり立つ。ズボン越しでも、熟女の指に逞《たくま》しい脈動を伝えているのは間違いなかった。

「硬いわ」

うっとりした声音《こわね》でつぶやいた佐絵が、ふと表情を曇らせる。

「あのひとだって、前はわたしの手で、このぐらい硬くなったのに……」

夫のことを言っているのだと、すぐにわかった。そして、ただの欲望にまみれた行為ではないのだと理解する。

（寂しいんだな、主任は）

尽くしてきた伴侶《はんりょ》に浮気されたのだ。ただ彼を責めるばかりでなく、自分に至らないところがあったのではないかと、悔やむところもあるだろう。

やり場のない思いをずっと抱えて、彼女は仕事にも身が入らなくなったのである。だったら、せめて今は癒《い》やしのために、好きにさせてもいいのではないか。

「オチンチン、見せてもらうわよ」

佐絵がズボンのベルトを弛《ゆる》める。ファスナーが下ろされても、陽一郎はされるままになっていた。

「おしり上げて」

従うと、ズボンとブリーフをまとめて脱がされる。

素直になったのは、彼自身も気持ちよくされたい気持ちが高まっていたためもあった。ペニスをあらわにすれば、直《じか》に握ってくれるに違いない。

それでも、肉色の槍《やり》が全貌を現すと、さすがに恥ずかしくて頬が熱くなった。

「へえ、立派じゃない」

下腹にへばりつきそうにそそり立った若い陰茎に、佐絵は感心した眼差しを向けた。少なくとも見た目は、男として合格だったようだ。

（ああ、早く）

柔らかな指で握ってほしくて、分身が小躍りする。ところが、彼女は直ちに指を巻きつけなかった。オシボリを手に取ると、それで硬肉を拭き清めたのである。

「ううう」

湿った布のひんやり感と、ざらつきが妙に快《こころよ》い。美しい上司に淫らな奉仕をされることへの、背徳的な悦《よろこ》びも高まった。

もちろん、綺麗にして終わりということはあるまい。

オシボリを畳んでテーブルに戻すと、しなやかな指がいよいよ筋張った肉胴に迫る。すぐに握ったりせず、指頭を根元からくびれにかけてすべらせた。

「むふぅ」

ゾクゾクする快さに、太い鼻息がこぼれる。ビクンと雄々しくしゃくり上げた肉根の、尖端の切れ込みに早くも透明な雫《しずく》が溜まった。

「もうお汁が出ちゃった。敏感なのね」

人妻であり、ペニスの構造については熟知しているのだろう。夫のものも、硬くなるまで愛撫したようであるから。

「それで、信じてくれたんですか？」

羞恥にまみれつつ訊ねると、佐絵が怪訝《けげん》な面持ちを見せる。

「え、何を？」

「僕が経験しているってこと」

「そんなの、オチンチンを見ただけでわかるはずないじゃない」

至極真っ当なことを言われて、唖然《あぜん》となる。では、あれは牡器官を露出させるための、単なる言いがかりだったのか。まあ、端から信じてなかったけれど。

さすがに文句のひとつも言いたくなったものの、それどころではなくなる。彼女が予告もなく屹立《きつりつ》に指を巻きつけたのだ。

「あ、あっ——」

性感曲線が急角度で上昇し、陽一郎は腰をガクガクとはずませた。

「オチンチン、とっても熱いわ」

うっとりした声音で言い、佐絵が絡めた指を上下させる。天井知らずにふくれあがった悦楽で、目の奥にパッパッと火花が散るようだった。

「だ、駄目です、そんなにしたら」

息も絶え絶えに告げると、指が根元を強く握る。爆発しそうなことを悟ってくれたようだ。

「え、もうイッちゃいそうなの？」

驚きをあらわにした女上司に、陽一郎は情けなさを覚えつつ「はい」と答えた。

「そんなに経験がないんです。それに、主任の手がすごく気持ちよくって」

責任を転嫁《てんか》されたのに、彼女は満更でもなさそうに頬を緩めた。

「つまり、榊君はわたしを女として認めてるってことなのね」

「もちろんです。さっきも言ったじゃないですか。主任みたいな素敵なひとが奥さんだったら、浮気なんかしないって」

「ふふ、ありがと」

はにかんで礼を述べると、佐絵は左手でワイングラスを手に取った。美味《おい》しそうに飲み干してしまうと、「ふぅ」とひと息つく。

「それじゃ、出しなさい」

「え？」

「タッたままじゃ外に出られないし、榊君も苦しいでしょ？」

苦しくはないものの、スッキリしたいのは確かである。だからと言って、こんなところでザーメンをほとばしらせるのはまずいのではないか。

ところが、彼女は射精させるものと決めてしまったらしい。筒肉に絡めた右手を、リズミカルに上下させる。

「あ、あ、主任」

声をかけると、手の速度がさらに上がる。鈴口からこぼれたカウパー腺液が上下する包皮に巻き込まれ、クチュクチュと泡立った。

(ああ、き、気持ちよすぎる)

人妻の手慣れた愛撫に、陽一郎は身をよじった。たとえば生理などで夫婦の営みができないときには、このテクニックで夫を歓ばせていたのではないか。

「ほら、我慢しないで出しなさい」

今にも頬が触れそうに、佐絵が顔を寄せてくる。ワインの香りの吐息と、甘い体臭にも理性を砕かれ、いよいよ忍耐が役立たずになった。

「ううう、で、出ます」

観念したところで、ふくらみきった亀頭の上で、ワイングラスが下向きに傾けられる。それで精液を受け止めるために、中身を飲み干したのか。

「う、うう、あああ」

からだがバラバラになりそうな愉悦《ゆえつ》に巻かれて、陽一郎は頂上に達した。ペニスの中心を熱い固まりが駆け抜け、蕩《とろ》ける快感を伴って我先にと飛び出す。

ピチャッ――。

肉根もグラスも的確な角度を保たれていたおかげで、次々と放たれる白濁液が周囲に飛び散ることはなかった。最後に滴《したた》ったぶんは人妻の白い指を穢《けが》したものの、そのぐらいは想定内だったろう。

「くはっ、ハッ――はあ……」

息を荒ぶらせ、陽一郎はなかなか引かないオルガスムスにどっぷりとひたった。出ているあいだも佐絵が秘茎をしごき続けてくれたから、魂まで抜かれるのではないかと思えるほどに気持ちのいい射精であった。

「すごく出たわ」

グラスに溜まった精液を目の前に掲げ、人妻が興味深げに眺める。それはグラスの底に残っていた赤ワインのせいで、一部が淡い紫色に染まっていた、

（うう、何もそんなに見なくても……）

自身の体内から出たものを観察されるのは、ひどく居たたまれない。陽一郎は絶頂後の気怠《けだる》さの中、佐絵の横顔を恨みがましく睨んだ。

するど、彼女がワインのボトルを手に取る。ザーメン溜まりのグラスに、赤ワインをふた口ぶんほどチョロチョロと注ぎ足したのだ。

「あ――」

思わず声を上げた陽一郎が見守る前で、牡汁のワイン割りが飲み干される。

「ふう」

佐絵が満足げに息をついた。「なかなかイケるわね」と言ったものの、あの比率ではワインの味しかしないのではないか。

陽一郎は唖然とするばかりだった。

4

居酒屋を出ると、佐絵が「こっちよ」と先導する。ザーメンワインも含めてだいぶ飲んだはずなのに、まだ足りないのだろうか。

陽一郎はそれほど飲んでいなかったが、射精させられたせいで疲労感があった。あのあと三十分ほども個室で過ごしたのであるが、腰と膝のあたりにまだ気怠さが残っている。

できれば簡単に食事でもして帰りたいなと思っていると、彼女は飲食店のある通りからはずれ、狭い路地に入った。

（行きつけの店でもあるのかな？）

あまり知られていない、隠れ家っぽい名店にでも向かっているのか。そんなことを考えていると、佐絵が白壁の切れ目のところにすっと入った。

（あ、ここか）

陽一郎も続いて敷地に足を踏み入れる。鉢植えの植物に挟まれた細い道を三メートルほど進むと、自動ドアがあった。

古風な佇《たたず》まいの店を想像していたものだから、近代的な入口を見て怪訝に思う。さらに、中に入ればそこは飲み屋でも飲食店でもなく、普通のロビーだったのだ。

（ことは、この建物の中に店があるのかな？）

商業ビルかと思ったのであるが、そうではないことにすぐ気がつく。小さな医院にありそうな小窓付きのカウンターに、佐絵が歩み寄ったからである。壁のバックライト付き写真パネルを眺めながら。

「え？」

十枚以上もあるそれらのパネルを見て、陽一郎は思わず声を洩《も》らした。それらはすべて、室内の様子を撮った写真だったのだ。それも、やけに大きなベッドを中心にしたものばかり。

（ここってラブホテルじゃないか！）

入るのは初めてながら、アダルト系の雑誌やビデオで得ていた情報と合致する。もちろん、何を目的とする場所かなんて明らかだ。

「ほら、行くわよ」

声をかけられてハッとする。いつの間に部屋を決めたのか、佐絵の手には大きなホルダーの付いたキーが握られていた。

「あ、あの、主任――」

「こっちよ」

受付カウンターの奥側に、エレベータがあった。彼女に続いて、陽一郎も箱に乗り込んだ。

「あの……何をするんですか？」

怖々と訊ねると、女主任が眉をひそめる。

「わからないの？」

「いえ、そういうわけじゃ」

「まさか、自分だけ満足して終わりなんて、身勝手なひとじゃないわよね？」

責めるような口振りに、何も言えなくなる。すると、佐絵が不満をあらわにつぶやいた。

「あいつだってしてるんだもの……わたしにだって愉《たの》しむ権利はあるわ」

どうやら夫への当てつけに、浮気をするつもりらしい。

（いいんだろうか？）

陽一郎のほうは、戸惑わずにいられなかった。もっとも、すでに射精に導かれているのである。今さら聖人ぶっても遅い。

それに、いつしか胸が高鳴っていた。

（おれ、主任とするのか？）

ソープランドでの初体験以来となる、セックスへの期待が高まる。男としてはやむを得ないところだ。

（御奉仕課は、女性を励まして元気づけなくちゃいけないんだ。つまり、これも任務ってことなんだぞ）

自分に都合良く解釈して、欲望にまみれた行動を正当化する。

佐絵の先導で部屋に入る。パネルの写真よりも色褪《いろあ》せた室内には、男女の饐《す》えた残り香が漂っている気がした。

ひとときの快楽を求めることを目的とした部屋は、床面積の半分をベッドが占めている。その脇に、布が一部すり切れた簡素なソファーがあった。

人妻がバッグをソファーに置く。春用のコートも脱いで、背もたれに掛けた。さらに、営業用のスーツをためらいもなく脱ぎだす。

(本当にする気なんだ)

肌を晒《さら》す年上女性を前に、陽一郎は立ち尽くすことしかできなかった。

上下ともベージュ色の下着姿になると、佐絵がこちらを向く。服の上から想像していた以上に見事なプロポーション。熟女の色気が溢れんばかりだ。

突っ立ったまま見とれる陽一郎に、彼女があきれた顔で命じた。

「ほら、榊君も脱ぎなさい」

「え?」

「オチンチンを見られたんだし、裸になるぐらい平気でしょ」

そう言って、人妻主任が手を背中にまわし、ブラジャーのホックをはずす。カップがふくらみからはずれ、手に余りそうな乳房がこぼれるように現れた。

(お、おっぱい——)

母性の象徴を見せつけられ、頭に血が昇るようであった。

佐絵はパンティも薄皮みたいに剝《む》きおろした。一糸まとわぬ姿になると、もっちり

と重たげなヒップを陽一郎に向け、

「早く脱いでいらっしゃい」

丸みをぷりぷりと振って、バスルームらしきところへ入った。

気がつくと、室内に甘ったるい匂いが漂っている。成熟した女体の残り香だ。それを嗅いで、陽一郎の劣情が一気に高まった。

下半身に血液が集中するのを感じつつ、着ているものを慌ただしく脱ぎ捨てる。素っ裸になったときには、ペニスが水平近くまで持ちあがっていた。たっぷり放精したあと、完全に縮こまっていたのに。

鼻息を荒くして、佐絵が入ったところのドアを開ける。やはりそこはバスルームだった。

広い洗い場で、彼女がシャワーを浴びている。頭には使い捨ての、ビニール製シャワーキャップを被っていた。

「あら、来たのね」

艶っぽい笑みを浮かべ、八つ年上の熟女が手招きする。

（ああ、綺麗だ……）

女らしい肢体に胸を高鳴らせつつそばに寄ると、ぬるめのシャワーを肩からかけられた。彼女のほうが頭ひとつぶん低いから、背伸びをするようにして。

さらに、ボディソープを手に取り、肌をヌルヌルとこすってくれる。

「ああ」

うっとりした声を洩らすと、彼女が満足げに頬を緩めた。

「気持ちいい？」

「はい、とても」

「みたいね。オチンチン、元気になってるわ」

いつの間にか天井を向いていた肉根に、しなやかな指が絡む。ヌルヌルとこすられ、膝が砕けそうになるほど感じてしまった。

「ああ、しゅ、主任」

「あんなにいっぱい出したのに、こんなに硬くなるなんて。さっきよりもすごいぐらいじゃない？」

佐絵は左手も添え、真下のフクロも優しく揉み洗いした。

(うう、そんなところまで)

ムズムズする快さが、性感曲線を上向きにする。しなやかな指に捉えられた分身が、ビクンビクンとしゃくり上げた。

「本当に元気。だけど、続きはベッドでね」

意味深に目を細めた女上司が、シャワーで泡を洗い流す。もっと気持ちよくしてもらいたかったが、これ以上こすられたらまた爆発する恐れがあった。

それに、手の愛撫だけではなく、女体の締めつけも味わいたい。二度目のセックスを、一刻も早く体験したかった。

からだを拭いてから、ふたりでベッドに戻る。すぐに抱き合えるものと思えば、

「さ、ここに寝て」

掛け布団を剝《は》がして、佐絵が促した。

ひょっとして、彼女が上になって跨《また》がるつもりなのだろうか。経験が浅い身ゆえ、受け身でいられるのは都合が良かった。

言われるままに仰向けで寝そべれば、腰の脇に佐絵が膝を進める。強ばりを握って聳《そび》え立たせると、その真上に顔を伏せた。

「え——あ、うううっ」

紅潮した亀頭が、温かく濡れたところにすっぽりと包まれる。チュッと吸引されたのに続いて、敏感な粘膜をチロチロと這い回るものがあった。

（おれ、主任にフェラチオをされてる！）

同じサービスはソープ嬢にもしてもらったが、初めてだったそのときよりも陽一郎は感動した。洗ったあとでも、上司たる人妻に不浄の部位をしゃぶられるのは背徳感が大きく、それが快感を押しあげたのである。

佐絵が頭をゆっくりと上下させる。屹立に巻きつけた舌を、ニュルニュルと小刻みに動かしながら。

「あ、ああっ」

堪《こら》えようもなく声を上げると、彼女が横目でこちらを見た。口をはずし、尖端にキスをしてから、「気持ちいい？」と訊ねた。

「はい、とても」

「じゃあ、わたしにもしてくれる？」

「え？」

「これを挿《い》れる前に、オマンコを濡らさなくちゃいけないから」

禁じられた四文字を、佐絵が口にしたこともショックであったが、それ以上の衝撃が陽一郎に降りかかる。彼女がペニスに顔を寄せたまま、逆向きでからだの上に跨がってきたのだ。大胆にも、丸まるとした熟れ尻を差し出すようにして。

（わ――）

体型は小柄でも、間近にしたヒップはかなりの迫力だ。圧倒され、陽一郎は思わずのけ反った。

だが、女上司が何を求めているのかも瞬時に理解する。

(アソコを舐《な》めろっていうんだな)

その部分が今まさに目の前に迫っていた。シャワーの名残で湿った恥叢《ちそう》の張りついた、秘められた園が。

初体験相手のソープ嬢のそこは、花弁のはみ出しが大きく、いかにも使い慣れたという印象があった。それと比較すれば、佐絵のものはちんまりして、おとなしい感じだ。女性器はネットの無修正画像でも見たことがあるが、それらと比較して特に変わったところはない。

にもかかわらず、特別な感情を抱いたのは、一年も教えを請うてきた女性のものだからだ。それこそ、こんな関係になるなんて、ラブホテルに入るまで想像すらしていなかったのである。

(これが主任の……)

ボディソープのぬるい香りが漂ってくる。わずかにほころんだ裂け目に覗く粘膜が、どことなくヌメっているふうなのは、シャワーの雫が残っているのか。それとも、早くも愛液が滲《にじ》み出ているのか。

見極める猶予《ゆうよ》が与えられることなく、たわわな臀部《でんぶ》が顔に乗ってきた。

「んぷ——」

湿ったもので口許を塞がれ、反射的にもがく。だが、ボディソープの香料の中にひそむ、なまめかしいかぐわしさに気がついて動きが止まった。

(え、これは?)

シャワーを浴びたはずだが、気持ちが急《せ》いてよく洗えていなかったのか。それとも、猛《たけ》る牡器官を愛撫し、口にも含んだことで秘部が火照《ほて》り、彼女自身の匂いを放ちだしたのだろうか。

どちらにせよ、人工的な香りよりも、本来のフレグランスのほうがずっと好ましい。陽一郎は顔を陰部に強く押しつけ、フガフガと鼻を鳴らした。そうしないと嗅ぎ取れないほど、淡いものであったのだ。

「もう、ちゃんと舐めてよ」

佐絵が咎め、お仕置きをするように尻の重みをかけてきた。

「むうう」

窒息しそうになり、陽一郎は抗《あらが》って舌を出した。火照りを帯びた恥割れに差し込み、内部に溜まった蜜汁を掬《すく》い取るように舐める。

「くぅうーン」

もっちりヒップがわななき、子犬みたいな声が聞こえた。女芯がすぼまり、舌をキュッと挟み込む。

(主任が感じてる)

嬉しくて、舌づかいにいっそう熱が入る。だが、そう長くは続かなかった。

なぜなら、彼女が再び肉根を含んだのである。

「ううう、むーーーンふぅ」

くすぐったさの強い悦びが、鼠蹊《そけい》部を甘く痺れさせる。陽一郎は膝を曲げ伸ばしし、ベッドのシーツを爪先で引っ掻《か》いた。

(くっ、負けるものか)

経験がない分、知識を総動員して、女性の最も感じるところを舌で探る。フード状の包皮をついばみ、中に隠れていた小さな真珠を吸い転がした。

「むふふふぅ」

強ばりを頬張ったまま、佐絵が歓喜の鼻息をこぼす。温かなそれが、陰嚢《いんのう》の縮れ毛をそよがせた。

せめぎ合うような相互舐め合いで、最初に観念したのは意外にも佐絵のほうだった。自ら施《ほどこ》しをねだっただけあり、それだけ高まっていたのだろう。

「あ、あっ、イッちゃう」

彼女は牡の漲《みなぎ》りを吐き出すと、下半身をワナワナと震わせた。それから一分と経たずに、頂上へ至ったのである。

「あああああ、イクイク、イクのぉおおおっ！」

極まった声を上げ、腰をガクンとはずませる。あとは陽一郎の股間に顔を埋め、ハァハァと呼吸を荒くするだけになった。

(おれ、主任をイカせたんだ)

仕事ではついぞ得られたことのなかった成就感にひたる。童貞を卒業したとき以上に、男になれたという気持ちを強く抱いた。

目の前の淫唇は唾液と愛液にまみれ、赤みを帯びている。はみ出した花弁も、腫れぼったくふくらんでいた。

それが目の前からゆっくりと遠ざかる。佐絵が陽一郎の上から離れたのだ。

「イッちゃった」

頬を赤らめて振り返り、恥じらいの笑みをこぼす。ずっと年上なのに、可愛いと思ってしまった。

もちろん、これで終わりではない。

「じゃあ、今度はこれで気持ちよくして」

唾液に濡れたペニスをしごき、女上司がおねだりする。陽一郎が「は、はい」と身を起こすと、彼女が交代してベッドに横たわった。

いよいよ佐絵と結ばれるのだ。鼻息を荒くして柔らかな女体に被さると、猛る陽根がすぐに握られ、中心へと導かれる。

「あん、硬い」

ふくらみきった切っ先が、濡れ割れにこすりつけられる。温かな蜜をたっぷりとまぶしてから、彼女は指をほどいた。

「さ、挿れて」

濡れた眼差しで見つめてくる人妻は、夫以外の男と交わることに、少しも躊躇《ちゅうちょ》していない様子だ。

おかげで、陽一郎のほうも気兼ねなく進めることができた。

「い、挿れます」

これがまだ二度目ゆえ、多少は緊張していたものの、それよりは欲望が勝っていた。

秘茎も最大限に膨張し、早く気持ちのいい孔《あな》に入りたいと疼《うず》く。

胸に衝《つ》きあげる思いを叶《かな》えるべく、陽一郎は腰を沈めた。肉槍の穂先が狭まりを圧《お》し広げ、徐々に入り込む。

（ああ、気持ちいい）

入口の輪っかで亀頭粘膜をこすられるだけで、果ててしまいそうだ。そして、たっぷり溢れていたラブジュースのおかげで、結合は難なく果たされた。

「はああっ」

牡の漲りを根元まで受け入れ、佐絵が喉を反らして喘ぐ。艶肌が細かく震え、挿入だけで達したような反応であった。

もちろん、陽一郎のほうも蕩けるような快さにひたる。

「ううう」

目のくらむ歓喜に呻《うめ》き、濡れ肉にぴっちりと包まれた中で、分身を雄々しく脈打たせた。こんなに居心地のいい場所が、身近に存在していたなんて。

「う、動いて」

人妻が両手で二の腕にしがみつき、切なげに眉根を寄せてせがむ。同時に、受け入れたものの感触を確かめるみたいに、膣《ちつ》がすぼまった。

（うう、たまらない）

ふくれあがった悦びに気を逸らせて、腰を前後に振る。慣れていないピストン運動で、ともすれば抜けそうになるのに焦りながらも、陽一郎は懸命に女芯を突きまくった。

「あ、あ、あ、あん、いい、いいのぉ」

佐絵が艶声をはずませる。もっと奥までと求めるように、掲げた両脚を牡腰に絡みつけた。

性器が上向きになったおかげで、抽送《ちゅうそう》がしやすくなる。陽一郎は真上から叩きつけるように股間をぶつけた。

「ああん、ふ、深いー」

乱れた声を発した熟女に、頭をかき抱かれる。唇を奪われ、その瞬間全身に緊張が漲った。

（え、いいのか？）

くちづけはフェラチオやセックス以上に神聖で、人妻とするのは許されない気がしたのだ。

けれど、舌がヌルッと差し込まれ、甘い吐息と唾液を与えられることで、陶酔の心地になる。誘われるように自らの舌を絡ませ、チロチロと戯《たわむ》れあった。

（おれ、主任とキスしてる――）

上も下も深く交わることで、快感がいっそう高まる。頭がボーッとして何も考えられないまま、操られるみたいに腰を振り続けた。

おかげで、どれほど上昇しているのか自覚せぬまま、気がつけば頂上近くに至っていた。

「ふはっ」

陽一郎は唇をほどき、ハッハッと息を荒ぶらせた。

「も、もう駄目です」

爆発間近であることを告げても、佐絵はまったく焦らなかった。

「いいわよ。中に出しなさい」

「え？　で、でも」

「今日は大丈夫な日だから」

つまり安全日なのか。そうとわかって安堵《あんど》したものの、このままイッてしまうことを陽一郎はためらった。

（だけど、主任はまだなんだよな）

シックスナインで彼女をオルガスムスに導いたとは言え、挿入ではまだ達していない。このまま終わったら、不満が残るのではないかと危惧したのだ。

しかし、その心配は無用だったようである。

「ね、オマンコの中にいっぱい出して。わたしも、もうすぐだから」

卑猥な台詞《せりふ》で射精を促す。膣奥に注がれることで、アクメを迎えたいらしい。

ならばと、熟れボディを激しく突きまくる。フンフンと鼻息をこぼしながら。

「ああ、ああ、いいの、いい。イッちゃう」

極まった声に忍耐を粉砕され、目の奥に火花が散る。悦楽の波に押し流され、陽一郎は高潮を迎えた。

「しゅ、主任、出ます」

「いいわ。わ、わたしもイクぅうううっ！」

高らかな嬌声《きようせい》に引き込まれ、歓喜のエキスをほとばしらせる。びゅるっ、びゅるっと、二度目とは思えない量が出たのが、見えなくてもわかった。

「くうう、あ、あったかい」

呻くように言い、佐絵がしなやかな裸身をヒクヒクと波打たせる。内部のヒダが、奥に向かって蠢《うごめ》くのがわかった。

間もなくぐったりと脱力した彼女に、陽一郎も脱力して身を重ねた。

（……気持ちよかった）

なかなかおとなしくならない呼吸を持て余しつつ、汗ばんだ柔肌の感触にうっとりする。萎《な》えたペニスが女芯から抜け落ちたあとも、ふたりはしばらく抱き合ったまま、悦楽の余韻にひたった。

第二章　若妻をじらして

1

翌日、出社して営業二課のオフィスに入るなり、佐絵に手招きされる。

「おはよう、榊君。ちょっと来て」

「あ、はい」

何食わぬ顔で従ったものの、陽一郎の心臓はあやしく高鳴っていた。何しろ彼女と激しく交わってから、まだ半日も経っていないのだから。

（ひょっとして、朝から一発とか）

品のないことを考えながらついていくと、同じフロアにある小会議室だった。簡単なミーティングで使われるそこは、中央に丸テーブルと、あとは周囲に並べられた椅子があるだけの手狭な部屋である。

中に入ると、佐絵はドアをカチャリとロックした。

鍵を掛けた密室でふたりきり。いやが上にも期待が高まる。せっかちな股間の分身が、早くも海綿体に血液を集めた。

「あのね、昨夜のことなんだけど」

向かい合うなり言われ、陽一郎はしゃちほこ張って「は、はい」と返事をした。

「あれは、わたしと榊君だけの秘密よ。絶対に、誰にも言わないでね」

念を押されて、即座にうなずく。そんなことは百も承知だ。人妻である上司と関係を持ったなんて、特に会社の人間には知られるわけにいかなかった。

彼女は口外されることを恐れて、わざわざこんなところに誘い出したのか。約束のしるしにキスぐらいしてくれるのではないかと、男としての欲望も覚えたとき、

「それから、あの話も忘れてちょうだい」

佐絵が苦笑いを浮かべて言う。これには、陽一郎はきょとんとなった。

「え、あの話?」

「ウチのひとが、浮気してるって話よ」

「ああ、はい」

妻として、夫の不貞を知られたくないという、世間体を考えてのことなのだろう。陽一郎はそう解釈したものの、実は違ったのである。

「あのね、浮気じゃなかったの。完全に、わたしの勘違いだったのよ」

「え？」

「昨日、家に帰ったあとでわかったんだけど——」

夫が誰かと電話しているところを、彼女はたまたま耳にしたのだという。それは浮気相手との愛の囁きなどではなく、三回目の結婚記念日に向けて親しい友人と、妻に内緒でサプライズのお祝いを計画しているやりとりであった。

「ウチのひとってば、わたしをびっくりさせたいらしくて、友達とずっとナイショで進めてたの。それがアヤしく見えちゃったのね。だから、わたしもこのまま知らないフリをして、その日は目一杯サービスしてあげるつもりよ」

嬉しそうに報告する女上司の笑顔に、昨晩の悦びに乱れた姿がダブる。サービスというのは、おそらく性的な意味なのだ。

「そういうわけだから、昨夜のことはすべてナシね。榊君としたことも全部。もちろん、これからも絶対にないから、妙な期待はしないでね」

まさにその妙な期待をしていたものだから、陽一郎は気まずさを噛《か》み締めた。そして、大いに落胆する。

（そっか……もう主任とは、いやらしいことはできないんだな）

昨日はたまたまああいう展開になってしまったが、そもそも肉体関係を持つことが目的ではなかった。彼女が以前のように活躍できるよう励まし、悩みを解決することこそ、御奉仕課の使命なのである。

そういう意味では、職務を全《まっと》うできたわけだ。まあ、陽一郎の努力で解決したわけではないのだが。

初手から図《はか》らずもうまくいって、本来なら喜ぶべきなのであろう。なのに、この虚《むな》しさは何なのか。

（気持ちよかったな、主任とのセックス）

要はただの未練である。女性に慣れていない身で、最高の相手と極上の快感を味わえたものだから、次もあるものと浅ましく望んでしまったのだ。

しかし、そんなことではいけない。

「わかりました。主任が元気になって、僕も嬉しいです」

笑顔で告げたものの、かなりぎこちなかったようである。あるいは、がっかりしたのが表に出てしまったのか。

「もう、そんな悲しそうな顔をしないでよ」

佐絵が眉をひそめる。それから、やれやれというふうに肩をすくめた。

「あ……すみません」

謝った途端、目頭が熱くなる。涙が溢れそうになって、陽一郎は慌てて目許を拭った。

そんなしぐさが、年上女性の母性本能をくすぐったらしい。

「まったく、これが最後よ」

しかめ顔を見せながらも、彼女がすぐ前に膝をつく。部下のベルトを手早く弛め、ズボンを脱がせた。

「え、主任？」

驚いて後ずさろうとしたものの、ズボンが足首に絡まって動けなかった。

「スッキリさせてあげるから気持ちを切り替えて、仕事を頑張りなさい」

佐絵はブリーフも無造作に引き下ろした。人妻との密会にふくらんでいたペニスがゴムに引っ掛かり、勢いよく反り返って下腹を打つ。

「あ——」

欲望をあらわにした性器を見られ、頬がカッと熱くなった。

「いけない子ね。やっぱり勃起してたんじゃない」

もしかしたら、彼女はズボンのふくらみを目ざとく発見していたのだろうか。そのため、年下の男の劣情を悟ったのだとか。

ともあれ、いやらしい気分になっていたことが、完全にバレてしまった。

「こんなにギンギンにしちゃって」

悩ましげに眉根を寄せ、佐絵が上向いた肉根を握る。柔らかな指のしっとりした感触に、陽一郎は否応なく腰を震わせた。

「うう」

快さに呻き、海綿体にさらなる血潮を漲らせる。

「さ、出しなさい」

彼女が上司の口調で命じ、握り手を上下に動かす。高まった愉悦に、透明な先汁がじわりと滲んだ。

(ああ、こんなのって……)

手での愛撫は居酒屋とラブホテルでもされたが、そのとき以上に快い。朝っぱらから会社でイケナイことをするという状況に、昂《たか》ぶっている部分もあるのだろう。

いや、それ以上に、これが最後だという名残惜しさが、快感を高めているようだ。

「この硬いオチンチン、もっと愉しみたかったけどね」

佐絵がつぶやくように言う。それは本心なのか、それとも、まだ若い部下を慰めるつもりで口にした言葉なのか。

分身がいつになくガチガチだったのは間違いない。余り気味の包皮も張り詰めて余裕をなくし、かなりしごきづらそうだ。

ならばと思ったのか、彼女が猛る陽根をいきなり頬張る。

「ああああっ」

たまらず声を上げてしまうと、屹立を強く吸われた。《誰かに聞かれたらどうするの?》と、咎めるみたいに。

陽一郎は口を引き結び、太い鼻息をこぼした。

チュッ――ぴちゃぴちゃ……。

卑猥な舌づかいが耳に届く。敏感なくびれを舌先ではじかれ、膝が崩れそうに感じてしまう。

(うう、気持ちよすぎる)

一分と経たずに、悦楽のトロミが迫《せ》り上がってくるのがわかった。

「しゅ、主任、もう出そうです」

早々と観念したものの、口ははずされなかった。それどころか、舌がいっそうねちっこく動き、キュッと持ちあがった陰嚢もモミモミされる。

「ああ、だ、駄目です。もう――」

立っているのが困難になり、陽一郎はそばの椅子の背もたれに摑まった。間を置かずにチュパチュパと吸茎されて、めくるめく瞬間が訪れる。

「で、出ます。いく」

室内の景色が霞むのを覚えたとき、強ばりの中心を熱いものが貫いた。

「くはッ」

喘ぎの固まりを吐き出し、絶頂する。しゃくり上げる牡器官が撃ち出すものを、人妻上司はすべて口で受け止めた。

(ああ、すごく出てる……)

ザーメンがいく度にも分けてほとばしるたびに、歓喜の波が押し寄せる。最後に強く吸引され、ようやく射精が終わった。

「は――ハア、はふ……」

荒ぶる息づかいに負けて腰を折ると、秘茎が人妻の口からこぼれる。たっぷりと放精したそれは強ばりを解いて、尖端に半透明の雫を光らせた。

「んー」

迷ったふうに顔をしかめた佐絵であったが、天井を向いてコクッと喉を鳴らした。青くさい牡液を喉に落としたのだ。

「はあ」

大きく息をつき、淫蕩な笑みをこぼす。

「やっぱり若いのね。濃くて美味しかったわ」

それは夫のものと比べての評価なのか。オルガスムス後の気怠い余韻にまみれつつ、陽一郎はふと思った。

2

社長からメールがあったのは、その翌週だった。出社してパソコンを立ち上げると、すでに届いていたのである。

『市島主任の件では、しっかり成果が出せたようね。以前の彼女に戻って何よりだわ。御奉仕課としてのますますの活躍を期待するわね』

くだけた言葉遣いで書かれたメールは、親しみを込めてのものらしい。それでも、きっちりと次の任務が記されてあった。

『次は開発部の戸森千帆《ともりちほ》さんをお願いね。入社以来、たくさん新商品のアイディアを出して活躍してきたんだけど、結婚してからどうも調子が悪いみたいなの。本人もそれを自覚して、かなり焦ってるわ。どうか助けてあげてちょうだい』

戸森千帆は部署こそ違えど、一年前、新人研修で講師を務めたから知っている。当時入社三年目で、まだ二十五歳と若かったのに、新入社員の前で話すことになったのは、実績を認められたからだ。実際、研修担当の人事部長から、開発部のホープと紹介されたのである。

特に女性向けの分野で、千帆は入社一年目からヒット商品を多く企画していた。女性目線で、こんなものがあればというニーズをしっかり汲み取り、業界内でも評価の高い薬や衛生用品をいくつも手掛けてきた。それらは薬局やドラッグショップでも、薬剤師や店員がお客に勧めてくれている。

ちなみに、新人研修の講師をしたとき、彼女はまだ相川《あいかわ》姓であった。結婚を一ヶ月後に控えて、公私ともに充実という感じだったのだが。

(結婚してから調子が悪いって、ひょっとして……)

佐絵と同じように、千帆もまた、夫が浮気をしていると疑っているのか。

女主任は、テレビドラマの主演女優に似た美貌であるが、千帆は庶民的な、ひと好きのするチャーミングな面立ちだ。一度話を聞いただけながら、性格も穏やかで優しいひとに見えたし、お嫁さんには理想の女性かもという印象を持った。彼女と結婚する男が羨《うらや》ましいとも思った。

なぜなら、相手は十歳近く年上という話だったから。

（あんなに素敵で、しかも若い奥さんをもらったんだ。浮気するなんてあり得ないな）

また、佐絵みたいに何もないのに勘ぐって、千帆が夫を怪しむこともなさそうだ。嫉妬深いとか、疑り深いとか、そういうネガティブなこととは無縁のように思えるから。

だとすると、才能ある人間の宿命として、スランプに陥《おちい》ったのだろうか。

そもそも仕事のできない陽一郎には、スランプなんて言葉は無縁である。いっそ人生そのものがスランプみたいなものだ。

けれど、千帆のように評価されてきた人間には、これまでできたことができなくなるというのは、かなり深刻な問題ではないのか。誰にも期待されない凡才なりに、陽一郎は彼女に同情した。

（でも、本当にスランプだとしたら、おれなんかに解決できるのか？）

仕事上のアドバイスなど与えられるはずがないし、そもそも開発部のことなど何ひとつわからない。向こうも、自分ごときに相談しようなんて気にはならないのではないか。年齢はひとつ違いでも、キャリアの差は二年あるのだから。

しかしながら、社長命令である。クビにはなりたくないから、やるしかない。

それに、佐絵の場合だってほとんど怪我の功名で解決できたのだ。今回も案外うまくいくのではないか。

（まずは戸森さんの情報を集めなくっちゃな）

開発部に同期の男がいるから、そいつに当たってみようと考える。と、社長からのメールに、追伸があることに気がついた。

『市島主任の件、早く報告書を出すように』

これに、陽一郎は頭を抱えた。

（あー、どうしよう）

御奉仕課を引き受けたとき、百合に言われたのだ。任務をやり遂げたら、直ちに報告書をまとめて提出するようにと。

ところが、佐絵の件に関しては、陽一郎はほとんど何もしていない。一緒に飲んで話を聞き、人妻である上司と不適切な関係を持っただけだ。コトが解決したのも、単に彼女が勘違いに気づいただけで、あの晩の行為は一切関係がない。

もちろん、佐絵としたことを社長に報告するのは御法度だ。

口止めをされたし、そもそも人妻と淫らなことをするなんて、社内の風紀を乱すつもりなのかと叱責されるに決まっている。まして、社内でフェラチオをされ、精液を飲まれたことまでバレたら、クビは確実だ。

さりとて、それらのことを排除すれば、報告書はたった数行で終わってしまう。

『市島主任は夫が浮気をしていると思い込んでいましたが、勘違いだったことがわかりました。終わり』

小学生の作文以下である。

いったいどう取り繕《つくろ》えばいいのだろう。そのことにも頭を悩ませる陽一郎であった。


昼の休憩時間、陽一郎は外の牛丼屋でお昼を済ませたあと、社に帰ってラウンジに行った。

二階廊下の一角を広く空けたそこは、天気がいい日は窓からの日射しでぽかぽかと暖かい。長椅子やひとり掛けのチェアー、テーブルも置いてあり、隅には無料で使えるティーサーバーもある。主に憩いの場として使われるが、お昼にそこで弁当を食べる社員もいた。

午後の始業まで時間があるので、陽一郎はコーヒーでも飲もうと立ち寄ったのだ。

ティーサーバーはお湯とお茶しか出ないけれど、脇のテーブルにインスタントコーヒーや紅茶のティーバッグがあり、自由に使えた。紙コップもあるが、マイカップを持参することも可能である。

ラウンジの椅子は、半分ほどが埋まっている。陽一郎はどこに坐ろうかと、広い空間を見回しながらインスタントコーヒーを淹《い》れた。

（あ——）

ある人物を見つけて、手が止まる。ティーサーバーから近い場所で、紙コップを手に長椅子に腰掛けていたのは、社長から依頼のあった開発部の戸森千帆、そのひとであった。

女子社員は事務職以外、制服がない。営業部は仕事柄スーツが多いが、開発部はかなり自由のようだ。

千帆がまとっているのは、白いワンピースである。裾《すそ》が膝を完全に隠しており、いかにも清楚な若妻というスタイルだ。淡いピンクのカーディガンも愛らしい。

新人研修講師のときは、動きやすいパンツスタイルであった。結婚して着こなしが変わったのだろうか。

午前のうちに、陽一郎は彼女について、開発部の同期にメールで質問した。最近、様子がおかしいという噂を聞いたが、本当なのかと。

直接会って訊ねなかったのは、どうしてそんなことが気になるのかと、あれこれ勘繰られると思ったからだ。

ところが、メールだと何度もやりとりをするのは面倒であり、誰もがすぐに返信する傾向にある。実際、同期の男も目的など訊ねることなく、千帆の調子が悪い旨を教えてくれた。新商品の開発プロジェクトに携わっているものの、なかなかアイディアがまとまらずに滞っているようだと。

ラウンジにひとりでいる彼女を見ても、新人研修で感じた明るさや覇気が少しも感じられない。表情も曇りがちで、どことなくぼんやりしている様子だ。

(やっぱり悩んでいるみたいだな)

では、どうすればいいのだろうと考えていると、

「ちょっとよけてもらえない？」

声をかけられてハッとする。振り返ると、お局《つぼね》っぽい女子社員が睨んでいた。その

手にはマイカップがあり、どうやら紅茶なりコーヒーなりを淹れたいのに、陽一郎が邪魔になっているようだ。

「あ、す、すみません」

陽一郎は紙コップを手に、急いでその場を離れた。ところが、急ぎすぎたためにコーヒーがこぼれ、手にかかってしまう。

「うわっちち」

熱さに悲鳴をあげ、はずみでバランスを崩す。床にこぼしたコーヒーに滑って、ひっくり返ってしまった。

「いててて、あ、あちちちちち」

尻餅をついた挙げ句、ズボンにコーヒーをぶちまける。ひとりでお祭り騒ぎの醜態を見せてしまい、みっともないこと甚《はなは》だしい。周囲の何事かという視線も居たたまれなかった。

おまけに、立ちあがろうとして足首を捻る始末。

「ぐぅ」

踏みつぶされたガマガエルみたいな声を洩らし、その場にしゃがみ込む。痛いし熱いし情けないしで、まさに穴があったら入りたい心境であった。

そんなとき、優しく声をかけてくれるひとがいた。

「大丈夫ですか？」

身を屈め、手を差し出してくれたのは、千帆であった。

「あ――す、すみません」

こんな間抜けな男など、関わり合いになりたくないと避けられて当然なのである。なのに、救いの手をのべてくれた彼女が、陽一郎には天使そのものに映った。

支えられ、どうにか立ちあがったものの、足首がズキッと痛む。

「いたた」

「え、どうかしたんですか？」

「あの……ちょっと捻挫《ねんざ》したみたいで」

「まあ、大変」

千帆は陽一郎をそばの椅子に坐らせた。それから、ラウンジの隅にあるロッカーからモップを出し、コーヒーのこぼれた床を素早く拭いた。

彼女の後処理があまりに手際よく、しかも完璧だったものだから、周囲の社員たちも何事もなかったかのように昼休みの日常に戻った。おかげで陽一郎も、最小限の恥ずかしい思いをしただけで済んだのだ。

「どうもすみません。ありがとうございました」

モップを片付けて戻ってきた千帆に、陽一郎は米搗《こめつ》きバッタみたいに何度も頭を下げた。すると、彼女がニッコリほほ笑んでくれる。

「どういたしまして。だけど、それ、着替えたほうがいいですね」

ズボンにこぼしたコーヒーが、股間に濃い色のシミをこしらえていた。あたかもオモラシでもしたみたいに。

「ああ、そうですね」

「立てますか?」

「あ、はい――いてッ」

捻った足に体重をかけると、ズキッと痛みが走る。激痛というほどではなかったものの、ひとりで歩くと引きずらねばならないだろう。

「それじゃ、わたしの肩につかまってください」

「え? あの、でも」

「遠慮しないで。さ、どうぞ」

腕を取られては、振りほどくわけにはいかない。陽一郎は「すみません」と頭を下げ、若い人妻の肩を借りた。

（どうしておれなんかのために、ここまでしてくれるんだろう……）

彼女が漂わせる甘い香りを嗅ぎながら、ふと疑問に思う。そのとき、百合に言われたことを思い出した。

『むしろ頼りないぶん、女性は素直な気持ちをぶつけやすいの。それに、ダメなところが母性本能をくすぐるから、女性たちのほうが榊君に優越感を抱いて――』

つまり、醜態を見せたことで、千帆は何とかしてあげなくちゃという気分になり、手を差しのべてくれたのではないか。そして、図らずもターゲットと接触できたことで、これからどうすればいいのかという案も浮かぶ。

「男子更衣室まで行けばいいのかしら？」

問いかけられ、陽一郎はかぶりを振った。

「でしたら、地下までお願いできますか」

「え、地下？」

「そこに、僕のオフィスがあるんです」

怪訝な面持ちを見せる若妻社員に、陽一郎は周囲に聞かれないよう小声で伝えた。

「実は僕、社長命令で、社内福祉の仕事をしているんです」

そこまでは明かしていいと、百合に言われたのである。

3

地下の資料室脇にある御奉仕課のオフィスは、当然ながら部署名の表示などない。ドアもガラスの嵌《は》まっていない鉄製で、知らない者はボイラー室か制御室の入口だと思うのではないか。

中には応接セットとスチール棚、他にテレビも置いてある。それだけで床面積いっぱいで、家賃の安いワンルームマンションみたいな狭さだ。

「こんな部屋があったのね。秘密基地みたいだわ」

千帆が驚きを浮かべて言う。

彼女は新人研修にいた陽一郎を憶えていた。まだ若いのに専用の部屋を持っていることで、社長に命じられた仕事をしていると信じてくれたようだ。

「では、そちらに坐ってください」

応接セットの三人掛けソファーを千帆に進め、陽一郎は向かいのひとり掛けに腰をおろした。

ここに来るまでに、足首の痛みは引いてしまった。どうやら大したことはなかったようである。ズボンの股間が濡れたままなのは仕方がない。

「社内福祉の仕事って、どういうものなんですか？」

年下相手にも丁寧な言葉遣いをする若妻に、ますます好感を抱く。ソファーにちょこんと坐ったワンピース姿も、実に画《え》になっていた。

「簡単に言えば、困っている社員を助ける仕事です。悩みやストレスを抱えていたり、仕事がうまくいかなかったり、そういうひとたちが元気になれるような活動をしています」

「悩み……」

つぶやいて、千帆が神妙な面持ちを見せる。まさに自分がそうだと、顔に書いてあった。

「実は、戸森さんが何かお悩みのようだと聞いて、お話を伺いたいと思っていたんです。それで声をかけようとしたら、ああいう失態を晒してしまって」

「そうだったんですか」

どこからそんな情報を得たのかを、彼女は確認しなかった。社長に命じられた仕事だから、社長経由だと思い込んだのではないか。

いや、悩みを聞いてもらいたくて渡りに舟という心境だったから、そこまで確かめる余裕がなかったのかもしれない。

「お仕事のほう、最近はいかがですか？」

訊ねると、千帆は大きくかぶりを振った。

「まったくダメです。全然調子が出なくって。以前はアイディアがどんどん湧いたのに、今ではさっぱりなんです。新商品のプロジェクトでも仲間に迷惑をかけていますから、心苦しくて」

やはり誰かに縋りたかったようで、促すまでもなく簡単に打ち明ける。これまで活躍してきたぶんプライドもあるだろうから、同じ部署の社員には話せなかったのではあるまいか。

「いつからそうなったんですか？」

「そうですね……ここ半年ぐらいでしょうか」

一年前に結婚して、すぐに調子を落としたわけではないらしい。あるいは新婚ボケなのかと思っていたのだが、どうやら違うようだ。

「原因について、何か心当たりはありますか？」

「いえ。自分でもわからないんです」

彼女はため息をつくと、目をわずかに潤ませた。かなり追い詰められているのが窺える。

（これはじっくり話を聞いたほうがいいな）

もうすぐ午後の始業時刻だが、オフィスに戻っても悩みが募るだけだろう。せめて解消の糸口だけでも摑みたい。

陽一郎はスマホで百合にメールを送った。こういうときのために、緊急連絡先を聞いてあったのである。千帆と対面しているので、開発部に所用があって戻れない旨を伝えてほしいとお願いすると、すぐに了解の返事があった。

「開発部には連絡しましたので、まだここにいても大丈夫です。もう少し、ふたりで原因を探ってみませんか？」

この提案に、若妻が安堵の面持ちを見せた。どうにか解決したいと、彼女も思っているのだ。

「はい、お願いします」

「では、そこで横になってください」

「え、横に？」

「リラックスすることで、いろいろと思い出すことができるんです」

これは、精神科医を主人公にした海外ドラマの受け売りだった。日本の実情は知らないが、向こうでは患者がベッドやリクライニングシートで寝た姿勢になり、その脇で医師が話を聞く構図がよくあったのである。

千帆がソファーに寝そべる。肘掛けを枕にして仰向けになると、胸をふくらませて大きく息をついた。

「確かに、このほうがリラックスできますね」

納得した顔を見せたのは、根が素直だからだろう。これならスランプの理由も、すぐ明らかになるのではないか。

「さっき、アイディアが出なくなったのは、ここ半年ぐらいとおっしゃいましたが、その前は大丈夫だったんですか？」

「その前……はい、そうですね」

「結婚直後はどうでしたか？」

「わたし、仕事と家庭の両立を目指してましたから、結婚したからダメになったなんて言われないよう、頑張ってたんです。ですから、今月発売された新商品も、ちょうどその頃にアイディアが湧いたものなんです」

つまり、結婚が原因で仕事ができなくなったわけではないのだ。

「ところが、結婚してしばらく経ってから、調子を落としたんですね？」

「はい」

「その頃、私生活はどうだったんですか？」

「順調でした。夫は家事も手伝ってくれますし、夫婦円満で充実した日々だったと思います」

「それは今も変わらずに？」

「そうです。夫婦生活はとても円満です」

話を聞く限りにおいては、きっかけになった出来事がまったく掴めない。

「そうすると、心当たりはないんですね？」

質問に、千帆は「はい」と即答した。それから、やり切れなさそうにため息をつく。

「アイディアが出なくなったのは、才能みたいなものが涸渇《こかつ》しちゃったからなんでしょうか」

「いえ、そんなことはないと思いますけど……あ、逆を考えてみたらいかがですか？」

「え、逆？」

「どういうときにアイディアが出たかを、思い出すんです」

なるほどという顔でうなずいた若妻が、記憶を手繰るように天井を見あげる。

「……そうですね。開発するのは薬や衛生用品なわけですから、こんなものがあったらいいなっていうのが発想のモトになります」

「どんなときに、こんなものがあったらいいと考えるんですか？」

「それはやっぱり、生活する中で不便を感じたり、自分の身に何らかの症状があっても、今ある薬では改善されないときなんかに――」

そこまで話してから、千帆が「あっ」と声を上げた。

「そう言えば、最近はとにかくアイディアを出そうって悩むだけで、不便や不満を感じることってなかったかもしれません。結婚生活も充実してますから」

彼女は陽一郎のほうを向くと、泣きそうな顔を見せた。

「だからアイディアが全然出なくなっちゃったんですね」

「ああ、えと、そのようですね」

机の上だけであれこれ捻りだそうとしたものだから、暮らしに根ざしたものが生まれなかったらしい。要は我が社の製品を必要とする患者や、消費者に寄り添っていなかったわけである。

（つまり、今はそれだけ満たされているってことなんだな）

新婚当初も、家庭と仕事の両立で悩んだり、あれこれ必要だと感じるものがあったのではないか。けれど、結婚生活にも慣れてすべてが軌道に乗った今、何かを求める気持ちそのものがなくなってしまったようだ。

「じゃあ、どうすればいいんでしょうか？」

千帆が縋る眼差しを見せる。しかしながら解決方法など、そう簡単に見つかるはずがない。まして、何不自由ない生活を送っているのだから。

とは言え、こんな部屋までつれて来たのに、何もアドバイスができないのも心苦しい。御奉仕課のメンツ丸つぶれだ。

せめて何らかのヒントを与えられないかと懸命に考える。彼女にじっと見つめられることで追い詰められ、陽一郎は焦りを覚えた。

「でしたら、満たされた生活を捨てればいいのかなと思うんですけど」

苦し紛れの発言に、我ながらあきれる。これでは夫と別れろと言っているにも等しいではないか。

事実、千帆が戸惑いを浮かべる。

「あの……捨てるって？」

「ええと、それは——べつに、今の生活をすべてナシにするっていうわけじゃなくて、ちょっとでいいので何かしら不便だとか不満だとかを感じることで、以前の勘を取り戻せるんじゃないでしょうか」

「ちょっとって、どのぐらい不便になればいいんですか？」

「それは――あ、そうだ。以前と比較して、この部分は特に満たされているのはどんなところですか？」

結婚前よりも充実具合が著《いちじる》しい部分であれば、多少マイナスになっても支障はないと思ったのである。

「満たされているところ……」

千帆が考え込む。「んー」と唸《うな》ったあと、思い当たるものが見つかったらしい。

「あ、アレかしら」

つぶやいたものの、何なのかすぐに言わなかった。

「え、見つかったんですか？」

訊ねても、「ええ、まあ」と曖昧《あいまい》な返事をするのみ。おまけに、なぜだか頬を赤らめた。

「ええと、教えていただかないと、対処のしようがないんですけど」

促すと、彼女はためらいつつも口を開いた。

「それは……アッチのほうです」

「あっちって、どっちですか？」

「あの、夜の生活が——」

恥じらってモジモジする若妻を目にして、ようやく悟る。

(つまり、性生活ってことか!?)

大胆な告白に唖然とする。もっとも、陽一郎が言わせたようなものであるが。

ただ、一度口にしたことで、彼女はすべてを打ち明ける勇気が湧いたようである。

「わたし、もともとセックスって、そんなに好きじゃなかったんです。今の夫の前にも付き合った男性はいましたけど、そっちに夢中になることはあまりなくって……だけど、結婚して毎日求められるようになってから、好きになったんです。気持ちよさに目覚めたっていうのもあるんですけど」

千帆がそこまであからさまに話せたのは、スランプになった理由を明らかにしてくれたことで、陽一郎を信頼したためもあるのだろう。けれどこの場合、聞かされるほうが居たたまれない。

「そうすると、旦那さんとの、ええと、そっち方面で不満が生まれれば、閃《ひらめ》きが戻るかもしれませんね」

「え、それってつまり、もう夫としちゃいけないってことなんですか？」

若妻がソファーに起きあがり、あからさまにがっかりした顔を見せた。そんなことは耐えられないと、泣きそうな顔が訴えている。

(そんなにセックスがしたいのかよ……)

陽一郎は鼻白んだ。この様子だと、今も毎晩のように可愛がってもらっているのではないか。

(ていうか、旦那さんも元気だよな)

彼女より十歳近く年上だから、すでに三十代半ばのはず。とは言え、二十六歳のチャーミングな若妻相手なら、べつに苦でもないのか。

「いえ、夫婦関係を犠牲にすることはないと思うんです。ただ、それだけ満足されているのであれば、多少の飢餓《きが》状態でもアイディアが閃く可能性があるんじゃないかなと思って」

「飢餓状態……やっぱりしちゃいけないってことじゃないですか」

「そこまでは言いませんけど。ていうか、生理中とかはどうしてるんですか?」

そのときは、手やお口で夫を満足させることはあっても、さすがにセックスはお休みであろう。ところが、

「わたし、生理が重いから、ピルでコントロールしてるんです。出血が減りますから、

できないのは月に二日ぐらいなんです」

だから、しないのなんて考えられないと言わんばかりだ。

「そのときは我慢するんですよね？」

「でも、夫のモノをおしゃぶりするから、気が紛れますし――」

言ってから、頬を真っ赤にする。大胆な発言と羞恥反応のギャップで、陽一郎はモヤモヤしてきた。

（くそ、可愛いひとだなあ）

こんな奥さんから求められれば、ハッスルするのは当然だ。と、そんなことに感心している場合ではない。

彼女が性生活を重要なものとして捉えているのは明らかだ。つまり、飢餓状態の対象とするのはうってつけとも言える。

問題は、それをどんなふうに生み出すかだ。

（そんなにセックスが好きになったのなら、ちょっと焦《じ》らすだけでも切なくなるんじゃないのかな……）

そう考えるなり、突破口が見えた気がした。

「あの、旦那さんといつもどんなふうに抱き合っているのか、教えていただけませんかか？」

「え？」

「特にお気に入りの方法があったら、是非知りたいんですけど」

「お気に入りって、そんな……」

千帆が躊躇したのは、閨房《けいぼう》のことを話すなんてはしたないと思ったからだろう。あれこれ暴露したあとでも、若妻としての慎みはなくしていなかった。

それでも、促されるままに口を開くと、あとはスムーズだった。ベッドインまでの流れから、お気に入りの体位まで、すべて明らかにした。

これは陽一郎を信頼してというより、話すことで気分が高揚してきたためもあったようだ。何しろ目をキラキラと輝かせ、なまめかしく腰を揺らしていたのだから。おまけに寝転がっていたものだから、ほとんど行為の前戯にも等しかったのではないか。おかげで陽一郎は悩ましさを募らせ、ブリーフの中でペニスを硬くした。

4

翌日の午後、千帆が再び御奉仕課のオフィスを訪れる。今日はオフホワイトのトップスに、春らしい色合いのフレアスカートを穿いていた。

彼女が開発部の仕事を空けることは、社長の百合経由で了解を取ってある。午後いっぱいの時間を使えることになっていた。

(ようし、じっくり責めてやるからな)

陽一郎は胸の内で舌なめずりをした。

とは言え、若妻を凌辱しようと考えていたのではない。性的な行為に至ったら、飢餓状態が台無しになってしまうのだ。

「では、こちらへどうぞ」

昨日と同じく、三人掛けのソファーに坐らせる。

室内は若干模様替えしてあった。応接セットのローテーブルをどけて、千帆の正面にテレビが置いてある。

「何か観るんですか？」

彼女が首をかしげる。どういう手順で進めるのか、何も伝えていなかったのだ。

「その前に、手を縛《しば》らせてもらいますね？」

「え、どうしてですか？」

「飢餓状態というか、不満が生じる状況に身を置いてもらうためです。心配されなくても、あとでちゃんとほどきますから」

「はあ……わかりました」

不安げな面持ちを見せつつも、千帆が両手を背中側に回す。跡が付かないよう、陽一郎は柔らかな紐《ひも》で手首のみを拘束《こうそく》した。

それから、ソファーの脇に置いた椅子に腰掛け、彼女に質問する。

「昨夜も旦那さんとしたんですか？」

「ええ」

「どんなふうにしましたか？」

「そこまで言うんですか？」

ためらいを示した若妻が、腰をモジつかせる。それでも、結局はすべて打ち明けたのは、昨日と同じだ。

「――それで、一度終わってふたりでシャワーを浴びたんですけど、何だかムラムラしちゃって、お風呂場でおしゃぶりしたら夫もその気になったので、そこで立ったましちゃいました」

最後ははにかんだ笑顔で、あられもないことを述べた。

(ひょっとして、昨日の告白が刺激になって、二回もしたんだろうか)

今も話しただけで昂ぶったのか、ソファーの上で尻をくねらせている。これは好都合であった。

「昨日お話を伺ったとき、ふたりでいやらしいビデオを観て、それと同じことをするのがお気に入りとのことだったんですが」

「そうですね。特に週末は夫がビデオを借りてくるので、それで愉しんでます」

「ということは、そういうビデオを観るのに抵抗はないんですね？」

「ええ、まあ」

「じゃあ、さっそく観てみましょう」

「え？」

戸惑いを浮かべた千帆の前で、陽一郎は持参したUSBメモリーを、テレビに接続しているDVDプレイヤーに差し込んだ。そこには、昨日ネットでダウンロードした動画が記録されていた。

ネットの動画サイトには、毎日のように新しい映像が追加されている。海外にサーバーがあるサイトであれば、無修正は当たり前だ。その中には、日本で撮られたものも多くある。

サイトによっては、動画再生ソフトの機能を使って、保存をすることも可能だ。陽一郎はそこで手に入れたものを、今回持ってきたのである。

「この部屋でエッチなやつを観るんですか？」

社内でそんなことをしていいのかという思いが、彼女にはあるらしい。

そのくせ、早くも悩ましげな面持ちを見せているのは、戸惑いつつも期待が高まっている証拠である。夫とのハレンチなプレイが癖になって、条件反射的にその気になるのではないか。

「ええ。好きなんですよね？」

「嫌いじゃないですけど、でも……」

夫以外の男と視聴することに、抵抗があるのか。ところが、動画がスタートすると、画面を食い入るように見つめた。

冒頭は、女優へのインタビューである。自己紹介に始まり、休日は何をしているのかといった当たり障りのない質問から、徐々に際どい問いかけをして、性的な嗜好《しこう》を暴いてゆく。もっとも、すでに何作か出演している女優のようで、恥ずかしがることなく平然と答えていた。

椅子に腰掛けたまま、横目で千帆の様子をそれとなく観察する。なかなかいやらしい展開にならず、焦れているようである。いつもはこういうヌルいところは飛ばして、行為の場面まで進むのかもしれない。

そのとき、女優が坐っているソファーの後方に、素っ裸の男優が現れた。

彼女は気がつかず、インタビューに答え続ける。男優が視界に入るなり、いきなりセックスをするという、ドッキリ企画なのだ。

「え、えっ、どうして？」

千帆が驚きをあらわにする。男優の股間にモザイクがかかっておらず、天井を向いてそそり立つペニスがばっちり見えていたからだろう。

「これ、裏ビデオなの？」

若いのに、使う言葉が少々古い。

「ていうか、ネットでダウンロードしたやつなんですよ」

簡潔に説明すると、彼女はいちおう納得したらしくうなずいた。

いつも夫婦で観るのは普通にレンタルされているものばかりで、無修正は初めてらしい。それだけ刺激的に違いなかった。

画面ではインタビュアーが、いきなり挿入されるのはどうですかと、企画に沿った質問を投げかける。女優が、そういうのも有りですねと答えるなり、背後にいた男優が女優に飛びかかった。

「あっ！」

声を上げたのは千帆であった。

いきなりペニスを振り立てる男優に襲われ、女優は驚きと戸惑い、それからかたちばかりの抵抗を示す。けれどスカートをめくられ、Ｔバックのパンティを横にずらされると、あっという間に挿入されてしまった。

本当に知らなかったのなら、ここまでスムーズに結合は果たせまい。事前に濡らすなり、ローションを膣に仕込むなりしてあったのではないか。

ただ、千帆にはそこまで深読みする余裕がなかったようである。

「ああん、入っちゃってるぅ」

見たままを口にして、半泣きの目で身をよじる。刺激が強すぎたのか。

それでも、激しいピストンで責められる女優があられもなくよがりだすと、たちまち引き込まれていった。

『あ、あ、あん、いいのぉ――』

テレビのスピーカーから流れる艶声に合わせて、ヒップをもどかしげに揺らす。視線は真っ直ぐ性行為に注がれ、結合部がアップになると、肩をビクッと震わせた。

「すごい……こんなことしてるの？」

男女の性器がどんなふうに交わっているのか、特に女性のほうは、その部分を目にすることなど滅多にあるまい。その生々しい様を目の当《ま》たりにして、かなりショックを受けているかに見える。

それでいて、昂奮《こうふん》しているのは明らかだ。

やはり事前準備でその気になっていたようで、五分も経たずに女優が最初の絶頂を迎える。『イクイクイク』と派手な声を上げ、半脱ぎのボディをソファーの上で波打たせた。

その瞬間、女芯からプシャッと勢いよくほとばしるものがあった。潮を噴いたのだ。あらかじめわかっており、汚れることを想定していたのか。使用しているソファーはおそらくビニールレザーの、いかにも安っぽいものであった。

これは色こそ異なれど、千帆が腰掛けているソファーに似ている。ただの偶然なのだが、それもまた若妻の欲情を煽《あお》ったのではないか。それこそ、自分も同じことをされたくなるほどに。

男優がペニスを抜去する。ぽっかりと空洞をこしらえた膣から、白く濁った愛液が滴った。

濡れて肉色の際立つ秘茎にも、ところどころに白い濁りが付着している。男優はぐったりした女優の頭を跨ぎ、それを半開きの口に押し込んだ。

「いやぁ」

千帆は眉をひそめたものの、唇を物欲しげに舐める。もしかしたら、男のモノをしゃぶりたくなっているのか。

そして、女優も抵抗することなく、強ばりに舌を絡みつける。ピチャピチャと派手な音を立てて吸茎した。

千帆たち夫婦がアダルトビデオを鑑賞するときには、テレビ画面のプレイを真似して行為を進めるという。ところが今は手首を縛られ、ただ卑猥な映像を見せられるだけなのだ。

何もできず、彼女がかなり焦れているのが手に取るようにわかる。悩ましさを隠せない表情や、身のくねらせ具合からも。

陽一郎も昂奮し、激しく勃起していた。

無修正のビデオに煽られたのも確かである。ダウンロードしたこれで、昨晩オナニーをしたのだから。

けれどそれ以上に、若妻社員の反応が煽情《せんじょう》的だった。

(いやらしすぎるよ、戸森さん……)

後ろ手に縛られたポーズは、着衣のままでも妙にそそられる。二十六歳のボディがかなり火照ってきたのか、室温も一、二度上がったかに感じられた。

だからと言って、手を出すわけにはいかない。充実した性生活をおくっている彼女を、飢えた状態に置くことが目的なのだ。性的な満足を与えてしまったら、元の木阿弥《もくあみ》である。

「気分はいかがですか？」

昂ぶりを包み隠して訊ねると、千帆がハッとしたように身じろぎした。

「き、気分って？」

「いつもなら、こういうのを見ながら、その、旦那さんとするんですよね？」

「ええ……」

「今は何もできないわけですけど、かなり不満が溜まっているんじゃありませんか？」

この質問に、彼女はようやく《そういうことなのね》という顔を見せた。縛られていやらしいビデオを見せられて、何をさせられているのかという気になっていたのかもしれない。

「そりゃ……不満です」

「こういう状況に置かれることって、ずっとなかったんじゃないですか？」

「ずっとっていうか、一度もありません。こういう拘束プレイみたいなのは」

「いえ、そういう意味じゃなくて。ほら、結婚して、旦那さんとも仲睦《なかむつ》まじくて、ずっと満たされていたわけじゃないですか。今は何もできなくて、かなりもどかしいと思いますけど」

「それはそうですけど……」

「不満が高まることで、頭の閃きも以前のように鋭くなるんじゃないですか？」

これに、千帆は悔しげに下唇を噛んだ。意図を汲んだはずなのに、心から納得しているふうではない。

(あれ、どうしたんだろ？)

おまけに、恨みがましげな視線を向けてくる。戸惑う陽一郎に、彼女は声を絞り出すように告げた。

「……ずるいです、榊さん」

「え、な、何がですか？」

「わたしにこんな意地悪をして、何が愉しいんですか？」

「意地悪――い、いや、僕は戸森さんのために」

「だって、無責任じゃないですか」

「は？」

「こんなの、ただの放置プレイです。焦らすのなら本格的にやってください」

いったい何を望んでいるのか、正直訳がわからない。すると、千帆が背もたれに上半身をあずけ、両足をソファーに上げた。

（え？）

陽一郎は胸を高鳴らせた。ふわっとしたスカートが、立てられた膝からすべり落ち、若妻の美脚が太腿《ふともも》の付け根近くまであらわになったのだ。

「こっちに来てください」

「こっちって……」

「もっと焦らして、辱《はずかし》めてくれないと、本当の不満状態にはなりません」

千帆は頬を染め、目を潤ませている。真っ当なお願いをしているようでいながら、面差しは淫ら色に染まっていた。

（何を考えているんだよ？）

要は刺激を求めているだけではないのか。

だが、白くてムチムチした大腿部を目にして、陽一郎もおかしな気分になっていた。

膨張した股間の分身も、煽り立てるように脈打つ。

「は、辱めるって、何をすればいいんですか？」

やたらと渇く喉を唾《つば》で潤して訊ねると、彼女が顔をしかめた。

「何をするのかこちらが指示したら、辱めになりません」

それもそうかと、馬鹿な質問をしたことを恥じる。

「とにかく、こっちに来て、隣に坐ってください」

陽一郎はのろのろと立ち上がり、若妻に従った。結局指示するのかよと、胸の内でツッコミを入れながら。

何だかおかしな展開になったなと思いつつ、スーツの上着を脱いでから隣に腰掛ける。すると、彼女が立てていた膝を大きく開いた。距離が縮まったこともあり、甘酸っぱい牝臭が悩ましいほどに匂い立つ。

「わたしのアソコ、どうなってますか？」

「え？」

「見て、確かめてください」

いいのかなと思いつつも、欲望に駆られる。あらわに晒された女体の中心を覗き込むと、股間に喰い込むピンク色のパンティが目に突き刺さった。

若妻らしい可憐な下着は、ナイロン素材なのか光沢がある。そのため、クロッチの中心に浮かんだ濡れジミが、かなりはっきりと見て取れた。

「ぬ、濡れてます」

声を震わせて告げると、千帆が「いやぁ」と嘆いた。

「そ、そんなこと言わないで」

確かめろと促しておきながら、陽一郎をなじる。だが、おかげで、彼女の望んでいることがわかった。

(そうか。言葉で責めてほしいんだな)

案外マゾっ気があって、そういうプレイに燃えるタイプなのかもしれない。ならばと、陽一郎は床に膝をついて、恥じらい部分に顔を接近させた。

「ああ、いやらしい。下着にシミができてますよ。無修正の動画に昂奮して、愛液がたくさん出たんですね」

気恥ずかしい台詞も、求められたのだからと開き直ることで、すらすらと出てくる。おそらく、顔つきも意地悪く歪んでいたのではないか。

「イヤイヤ、み、見ないでぇ」

千帆が腰をくねらせる。股布が恥裂に喰い込み、卑猥なシワをこしらえた。

新たな蜜を吸い込んで、シミがさらに面積を広げる。外側にまで滲み出たか、キラキラと光を反射させた。

むわ――。

ヨーグルトを思わせる秘臭が、熱気とともに放たれる。それも陽一郎の劣情を煽った。

(これが戸森さんの――)

女性器のなまめかしいフレグランスは、彼にとって未知に等しいものだ。ソープ嬢との初体験では、それこそ石鹸の香りしかしなかったし、佐絵とのときもシャワーを浴びたあとだから、ほのかに感じられた程度だったのだ。

冷静に分析すれば、いい匂いだと判定されるものではないのだろう。けれど、チャーミングな若妻のあられもない本質は、愛らしい外見とのギャップが著しいがゆえに、やけにそそられる。

「戸森さんのここ、すごくいい匂いがします」

感動を込めて告げると、膝が即座に閉じられる。

「イヤイヤ、か、嗅がないでっ!」

むっちりした内腿が、陽一郎の頭をギュッと挟み込んだ。

（おお……）

柔肌のなめらかさと、甘い香りにうっとりする。ますますたまらなくなって、陽一郎は湿ったクロッチに、無理やり鼻を押しつけた。

「イヤッ！」

千帆が悲鳴をあげ、腰をくねらせる。本気で嫌がっているようでありながら、そこがさらに潤ってきた感があった。

（恥ずかしい目に遭《あ》わされて、昂奮しているのかも）

やはりマゾの気があるのではないか。

「む――戸森さんは、『デリカシート』を使ってないんですか？」

陰部に熱い息を吹きかけながら訊ねると、彼女は「バカぁ」と非難した。

デリカシートは、千帆が企画したオリモノシートだ。粘り気のある分泌物でもしっかり吸収する優れもので、デオドラント効果もある。生産が売れ行きに追いつかないほどのヒット商品であった。

彼女はかなり濡れやすいようであるし、自身のニーズから開発したのかもしれない。

ただ、少なくとも今は、それを使用していないようだ。

おかげで陽一郎は、ありのままのかぐわしさを堪能できる。

「うう……榊さんのヘンタイ」

涙声でなじる若妻は、もはや抵抗しても無駄だと悟ったのか。下腹を波打たせるだけになった。

いや、ソファーの上のヒップは、相変わらずモジモジして落ち着かなかったのである。それが抗いや嫌悪に由来する動作でないことは、女性経験の少ない陽一郎にもわかった。呼吸がせわしなくはずんでいたし、やめてほしいのではなく、さらなる愛撫を欲しているに違いない。

しかしながら、無闇に手を出したら、それはそれでまずいだろう。なぜなら、彼女には夫がいるのである。しかも、新婚時代と変わらず、毎晩のように睦み合うほどラブラブなのだ。

自ら下肢や下着を晒したとは言え、千帆がこれ以上のことを望んでいるかどうかはわからない。とりあえず出方を窺うことにした。

鼻頭が当たっている女芯は、蒸れてじっとりしている。徐々に熱くなっているのを、陽一郎は感じた。

ぐいぐいと、さらに鼻をめり込ませるようにすると、千帆が「くぅうーン」と甘えた声を洩らす。成熟しつつある下半身が、切なげなわななきを示した。

すると、いよいよ我慢できなくなってきたか、彼女が次の展開を示唆する。

「ね、ねえ、これだとただ恥ずかしいだけで、ちっとも焦らされている気がしないんですけど」

それは嘘だと、陽一郎は即座に悟った。なぜなら、二重の布で守られた秘苑が、物欲しげに収縮しているのがわかったからである。

(絶対に欲しくなってるんだ)

自らも分身を猛々しく脈打たせながら確信する。

「む――だったら、どうすればいいんですか？」

問いかけに、少し間をおいたあと、

「て、テレビを見ればわかります」

若妻が絞り出すように言った。

(テレビ？)

頭を挟み込んでいた太腿の力が緩む。未練はあったものの、陽一郎はかぐわしい股間から顔を離した。そうしないと、次に移れないからだ。

振り返ると、画面には女優が男根を懸命に頬張る姿が映し出されていた。さっきから、まだフェラチオを続けていたようだ。

(戸森さんは、おれのをしゃぶりたくなってるのか?)

膨張しきった陽根が、期待にビクンと脈打つ。ならばさっそくという気持ちになったものの、それはまずいと思い直した。

ヘタに咥《くわ》えさせたら、そのままなし崩し的にセックスに至る恐れがある。それこそ、焦らすことにならないではないか。

(ひょっとして、それが狙いなのか?)

年下の男をその気にさせ、行為になだれ込む作戦かもしれない。

(相手のペースになるんじゃないぞ)

自らに言い聞かせながら、陽一郎は彼女の前に立った。ズボンとブリーフを脱いで、下半身をあらわにする。

不思議と恥ずかしくなかったのは、すでに千帆を存分に辱めていたからだ。筋張った肉胴に血管を浮かせたイチモツを、彼女の前にぐいと突き出す。

「これが欲しいんですか?」

下卑《げび》た口調で訊ねると、チャーミングな顔が強ばる。それでも目を見開き、禍々《まがまが》しい牡器官を凝視した。

「ほ、欲しいなんて……」

千帆がためらいを口にする。貞淑《ていしゅく》な人妻としては、たやすく他の男のモノを受け入れるわけにはいかないはずだ。

羞恥と欲望の狭間《はざま》で揺れる彼女を見おろし、陽一郎は背すじがゾクゾクするのを覚えた。女性を支配することで、ここまで自分が昂ぶるとは予想外であった。

（おれ、サドの気があったのかな？）

と言うより、千帆がそんな気持ちにさせるのだ。愛らしさと淫蕩さを併せ持った若い妻に、彼女の夫も情欲を煽られっぱなしなのではないか。

陽一郎も、千帆を苛《いじ》めたくてたまらなくなっていた。本来の使命を忘れそうになるほどに。

「ていうか、焦らさなくちゃいけないんですよね」

相手の申し出を逆手にとり、目の前で猛るものをしごく。

「いやぁ」

彼女が目を潤ませて嘆く。亀頭をいっそう赤く腫らした男根に、すっかり魅せられているふうだ。

「ほら、これをしゃぶりたかったら、ちゃんと言うんですよ。チンポをお口にくださいって」

はしたない言葉を要請すると、美貌が悔しげに歪んだ。

「そ、そんなこと――」

とても言えないと、手の使えない上半身をくねくねさせて訴える。だが、蕩けた表情は、明らかに逞しいモノを欲しがっていた。

とは言え、セックスまで求めているかどうかは、定かではない。フェラチオをすれば、少しはマシな気分になるぐらいの心境かもしれなかった。実際、夫のものをしゃぶると気が紛れると言ったから。

(まあ、そう簡単に旦那さんは裏切れないか)

浮気をされていると疑った、佐絵のようにはいかないだろう。陽一郎はからだを少し横にずらし、テレビ画面が見えやすいようにした。

「ほら、ああいうことがしたいんでしょう?」

振り返らずとも、くぐもった喘ぎ声が聞こえることで、吸茎奉仕の真っ最中なのだとわかる。すると、なぜだか千帆は「ああ」と嘆いた。

「そ、そんな恥ずかしいこと――」

「え?」

何だか様子がおかしいなと、陽一郎はテレビに顔を向けた。なんと、いつの間にか男女がソファーの上で重なり、シックスナインをしていたのである。ただペニスをしゃぶらされるのではなく、自らも舐めてもらえると期待したのか。

（あ、そうだ）

陽一郎は、すべてを彼女に委ねる方法を思いついた。

「ちょっと立ってください」

「え？」

交代して、ソファーに仰向けで横たわる。その上に、若妻を逆向きで跨がせた。

「な、何をするんですか？」

聳え立つペニスを見おろし、千帆が声を震わせて訊ねる。とっくにわかっているはずなのに。

「チンポをしゃぶりたかったら、どうぞ好きにしてください。それから、アソコを舐めてほしかったら、いつでもおれの顔におしりを下ろしてください」

陽一郎は彼女のスカートの中を、真下から見あげていた。今やクロッチ全体が濡れ、濃い色に変わっている。

「ああ、そんな」

千帆が腰をくねらせる。後ろ手に縛られ、膝立ちの格好で。

そのままの姿勢で何もせずにいるのは、やはり困難だったらしい。無修正ビデオの生々しい相互舐め合いに刺激されたところもあるのだろう。しばらく逡巡したのち腰を折り、前屈みの姿勢になった。

（おお）

若妻ヒップが近づき、陽一郎は思わず頭をもたげた。ところが、それはある位置でストップし、それ以上降りてこない。

（ああ、そんな）

今度は陽一郎が焦れる番だった。

やはり夫を愛しているから、他の男の言いなりにはなれないのか。そう思ったとき、そそり立つ肉根の尖端に、触れるものがあった。

（え？）

何かがためらいがちに、切っ先をチロチロとくすぐる。それが千帆の舌だと悟った途端、亀頭が温かな潤みにすっぽりと包まれた。

「うううう」

呻いて、腰をガクガクと振り立ててしまう。そのため、分身がさらに奥へと入り込んだ。愛らしい人妻の口内に。

いくらパンティを穿いていても、さすがに男の顔に尻を乗せる勇気はなかったらしい。そのため、フェラチオで気を紛らわせることにしたのだろう。

ピチャピチャ……。

舌が躍り、敏感な粘膜を刺激する。むず痒さを極限まで高めた快さに、陽一郎はたちまち危うくなった。

（ま、まずい）

キャリアこそ差があっても、年齢はひとつしか違わない。それでいて人妻ゆえの色気をまとった美女に、ペニスをしゃぶられているのだ。

彼女が後ろ手に縛られたままということもあり、無理矢理奉仕させているにも等しい。そのため、背徳感も高まった。

おまけに、目の前には中心をじっとりと濡らし、なまめかしい秘臭をこぼす下着尻が迫っている。これで昂奮しないほうがどうかしている。

「だ、駄目です、そんなに激しくしたら」

自分からこの状況に誘っておきながら、情けなく音《ね》を上げる。

ところが、千帆はかえってやる気を煽られたみたいに、頭を上下に動かした。

キュッとすぼめた唇で、屹立をこすったのである。手が使えないから、口で代用するかのごとくに。

このままでは、果てるのは時間の問題だ。

(ええい、だったら)

反則なのは百も承知で、重たげなヒップを抱き寄せる。中腰だった彼女は、たちまちバランスを崩した。

「キャッ」

悲鳴をあげ、陽一郎の顔面に坐り込む。柔らかなお肉が、むぎゅっと重みをかけてきた。

「もぉ、バカぁ」

なじりながらも、再び肉根を咥え込む。恥ずかしさを誤魔化すためもあったのだろう。

ならば遠慮はいらないと、濡れた股布に鼻面をめり込ませ、淫らな臭気を深々と吸い込む。それだけではもの足りず、クロッチを横に大きくずらして、くすんだ色合いの恥芯を直舐めした。

「むふッ」

千帆が太い鼻息をこぼす。温かな風が陰嚢に吹きかかり、陽一郎はゾクゾクした。

恥割れに溜まった蜜汁は粘っこく、ほんのり甘みがあった。それを唾液に溶かして喉を潤し、なおも濡れ割れをほじるようにねぶる。

「ぷは——」

堪えきれなくなったらしく、若妻が牡の漲りを吐き出した。

「だ、ダメぇ」

クロッチをずらしたことでパンティが谷に喰い込み、脂《あぶら》がたっぷりという趣《おもむき》の臀部が半分もあらわだ。それを千帆がぷりぷりとうち揺する。陰部もせわしなくすぼまり、差し込まれた陽一郎の舌を甘噛みするみたいに挟んだ。

焦らすはずが、結局悦ばせてしまっている。気がついて悔やんだものの、

(まあ、いいや)

陽一郎は開き直った。

もともと御奉仕課は、女性社員の悩みや問題と対峙するために設立されたのだ。佐絵の場合はすぐに解決したものの、何事も苦もなく片付くはずがなかった。

よって今日のこれを足がかりにして、今後も様々な方法を試してみればいい。もしかしたら、もっといやらしい展開だってあり得るかもしれないのだから。

(——いや、そんなことを期待してどうするんだよ)

自分が気持ちよくなることを考えるべきではない。悩みの解決を優先させなくてどうするのだ。本末転倒もいいところである。

そんなことを考えながら、無意識に秘核を探り、執拗に吸い転がしていたようだ。

「イヤイヤイヤ、あ、ああッ、ダメぇええっ！」

突然、追い込まれたふうな悲鳴がほとばしる。（え？）と思ったときには、若尻がビクビクと痙攣《けいれん》していた。

そして、陽一郎の上で女体がぐったりとなる。

（え、イッたのか？）

やけにあっ気ない絶頂は、ずっと焦らされていた証《あかし》なのか。積もり積もったものが、一気にはじけたふうでもある。

「はあ……ハア――」

千帆は陽一郎の股間に顔を伏せ、疲れ切ったような呼吸を繰り返す。その部分が湿った吐息で蒸れて、陽一郎は妙に居心地の悪さを感じた。

（こんなはずじゃなかったんだけど……）

彼女を絶頂させることが目的ではなく、むしろ焦らして不満を与えねばならなかったのだ。それによって本来の閃きが戻ることを期待して。

なのに、いったいどうしてこういう展開になってしまったのだろう。計画が甘かったのか。それとも、もともと無茶な企《たくら》みだったのか。

とりあえず、力の抜けてしまった若妻を起こさせ、ソファーに坐らせる。縛られたままでいるのがつらそうだったので、後ろ手の紐もほどいた。

「ふう」

ようやく人心地がついたふうに、千帆が背もたれにからだをあずける。まだオルガスムスの余韻が続いているのか、トロンとした眼差しをしていた。

ところが、陽一郎のほうを向くなり、目がハッとしたように見開かれる。

(え?)

彼女の視線の先を追って、顔がカッと火照る。まだ下を脱いだままだったのだ。おまけに、股間のイチモツも勢いを失っていない。

「あ、す、すいません」

急いでズボンとブリーフを拾いあげようとすると、

「待って」

焦ったふうに声をかけられ、動きが止まる。

「え、何ですか?」

怖ず怖ずと顔を向けると、千帆の目がやけにきらめいていた。

「……わたしも脱ぐから」

そう言って、彼女が腰を浮かせる。ためらうことなく、スカートを床にはらりと落とした。

さらに、パンティも。

(嘘だろ……)

下半身すっぽんぽんになった姿は、全裸以上に煽情的である。ここが地下のはずれとは言え、社内であることも背徳感を高めていた。

「あ、あの、何を？」

うろたえる陽一郎の前で、千帆はソファーに横たわった。誘うような眼差しを、年下の男に向けながら。

そして、立てた両膝を大きく開く。それは男を正常位で迎えるときのポーズであった。

「ほら、同じことをしてちょうだい」

彼女が指差したテレビ画面では、男女がソファーの上で激しく交わっていた。

「い、いや、それは」

いったいどうすればいいのか。陽一郎は解決の道筋を完全に見失っていた。

そもそもセックスをすることが目的ではなかった。したいのはやまやまだが、それでは千帆の悩みを解決することにならない。ただ淫らなひとときを、無駄に過ごすことになる。

しかも、最愛の夫を裏切らせて。

罪悪感すら覚えた陽一郎であったが、所詮は女性慣れしていない、まだ新人同然の社員に過ぎなかった。

「ちょっと、先輩の言うことが聞けないの？」

いきなり居丈高になった千帆に、思わず背すじをしゃんと伸ばす。

「い、いえ、失礼しますっ」

勃起を上下に振りながら、急いでソファーに進んだ。

「元気ね」

ペニスをチラ見してから、彼女がこちらを見あげる。妖艶《ようえん》な光を湛《たた》えた目は、愛らしい若妻のそれとは思えない。

「ねえ、したいんでしょ？　オチンチンがギンギンよ」

丁寧だった言葉遣いも、後輩を指導する先輩のものに変わっていた。いや、それ以上に、男慣れした女の雰囲気すらまとっている。

思い出されるのは、新人研修で講師を務めたときの、自信と活力に溢れた姿だ。ということは、この短時間でかつての意欲や勘が蘇《よみがえ》ったのだろうか。

(いや、そんなことはないか)

焦らすことで不満を高め、商品開発の閃きを取り戻すはずが、中途半端な結果に終わってしまったのだから。ほとんど効果はなかったはず。

おまけに、今や関係も逆転していた。

「ほら、オチンチンをわたしに挿《い》れたいんでしょ?」

挑発的な誘いに、陽一郎はいとも簡単に操られた。

「はい……挿れたいです」

「だったら、ソファーに上がりなさい」

「は、はい」

もはや主導権は彼女のものだ。陽一郎は鼻息を荒くして、ソファーに膝をついた。

「オチンチンを、わたしのいやらしいところにこすりつけなさい」

千帆が両手で花びらを開く、ヌメヌメと濡れ光る粘膜を見せつけられ、あまりのいやらしさに軽い目眩《めまい》を覚えた。

（本当に挿れさせてくれるのか？）

期待と恐れを半々に抱きつつ、陽一郎は彼女の膝のあいだに腰を進めた。

上半身を起こしたまま、反り返る分身を前に傾け、女芯に密着させる。小さな洞窟が、見え隠れするように息吹《いぶ》くところに。

「ああ」

熱さが伝わってきて、思わず身震いをする。すぐにでも気持ちよくなりたくて、思わず腰を突き出そうとすると、

「まだダメよ」

察したらしく、千帆が制止した。

「え、でも」

「言ったでしょ、こすりつけなさいって。ラブジュースで、アタマのところをヌルヌルにするのよ」

しっかり潤滑してから挿入しろというのか。

焦れったさを噛み締めつつ、握った肉根を上下に動かす。恥割れに浅くもぐった亀頭が、ニチャニチャとくぐもった濡れ音をこぼした。

（うう、こんなのって……）

粘膜同士のこすれ合いで、くすぐったい快さが生じる。もっとはっきりした悦びがほしくて、辛抱たまらなくなった。

しかしながら、許可を得ないことには挿入できない。何しろ、彼女のほうが先輩なのだから。

「挿れたいの？」

「はい」

「あんなふうに？」

顎をしゃくられ、テレビに目を向ける。肉の槍が濡れ穴を抉るところが、アップで映されていた。

結合部から溢れた白い愛液が、アヌスにまで滴っている。卑猥な光景にも理性を粉砕されるようで、ますます欲求が募った。

「挿れたいです」

「そう。でもダメよ」

「え？」

「挿れさせてあげない」

「そ、そんなぁ」

落胆して顔を歪めると、千帆が嬉しそうに口許をほころばせた。

「いいわ。そういう表情が、わたしに足りなかったものなのよ」

「へ？」

訳がわからず、陽一郎は目をぱちくりさせた。

「あのね、わたしがすべてに満たされて、そのせいでアイディアの閃きがなかったのは確かなんだけど、それって必要とされている感覚を忘れていたことでもあるの」

「必要……」

「つまり、困っている誰かに求められる気持ちね」

千帆が上気した面持ちで説明する。

「わたしは夫第一で尽くしてきたんだけど、彼は何かに困っていたわけじゃなくて、すべては生活上のルーチンワークに過ぎなかったの。要は求められていないことを、せっせと頑張っていたわけね。そんなことばかりしていたから、ウチの商品を求める消費者が見えなくなったの。それから、わたし自身のことも。もともとは自分がほしいもの、必要とするものを開発するところから始まっていたんだけど、生活が満たされてそれもなかったわけだから」

「はあ」

「だけど、榊さんの顔を見て、こんなふうに困っているひとのために何かをしてあげることが、わたしの仕事の意義なんだって思い出せたのよ。だって、エサを欲しがる子犬みたいに、甘えた顔をしてたんだもの」

そんなに情けない顔をしていたのだろうか。まあ、そのおかげで千帆は求められる喜びを思い出し、かつての勘を取り戻せたのかもしれない。

「あのね、わたし、今とてもワクワクしてるの。仕事を始めたときみたいに。もう、アイディアがどんどん湧いてくるのを感じるわ」

今にもはじけそうに明るい表情を見て、陽一郎はとりあえず安堵した。

「それならよかったですけど」

ただ、心から喜べないのは、意図して得られた成果ではないからだ。いつの間にか解決していたわけで、佐絵の場合と変わりない。

まあ、母性本能をくすぐるらしい自分の性質が、いいほうに働いたとも解釈できるけれど。

(でも、戸森さんは、どこで自分に足りないものがわかったんだろう?)

クンニリングスで彼女を絶頂させたあと、物欲しげに勃起させていた陽一郎を見て、何とかしてあげたくなったのだろうか。その気持ちが、求められる喜びを取り戻すきっかけになったのかもしれない。

実際、あのあとから態度が変わったのだ。

「それじゃ、ご褒美に挿れさせてあげるわ」

完全な上から目線で許しを与えられ、陽一郎はしっぽを振るしかなかった。この場合、しっぽではなくチンポだが。

「ほ、本当ですか？」

「だって、そんな顔をされたら、させてあげなくちゃ可哀想だもの」

クスクスと笑われ、頬が熱くなる。一方、ペニスははしゃぐみたいに小躍りした。

「さ、挿れなさい」

「はい。失礼します」

陽一郎は腰を前に送った。粘っこい蜜汁で潤滑された強ばりは、抵抗を受けることなく柔穴に侵入する。

「ううう」

ヌルヌルした内部は、粒立ったヒダが敏感な部位を余すことなく刺激する。腰が砕けそうに気持ちよく、目がくらむのを覚えた。

「あん、入っちゃった」

根元まで牡を受け入れた千帆が目を細める。無修正のアダルトビデオを観るのと変わらず、どこか他人事のようだった。

それでも、意識してなのか、膣をキュッキュッと収縮させる。漲るモノの感触を確かめるみたいに。

「あ、あああ」

総身が震える歓喜にひたり、陽一郎は喘いだ。挿入しただけで、早くも昇りつめてしまいそうだ。

「気持ちいいの？」

「は、はい」

「だったら動いて、もっと気持ちよくなりなさい」

促され、腰を前後に振る。女芯に出入りする、己身を見おろしながら。

(うう、いやらしい)

濡れ光り、肉色を際立たせる牡器官に、白い濁りが付着している。生々しい痕跡に、自分が世界一淫らなことをしている気分になった。

「あ、あ、あん」

千帆も艶声を洩らす。けれど、乱れる様子はない。年下の男に肉体を与え、それだけで満足しているふうだった。

おそらく、彼女があられもなくよがるのは、夫の前だけなのだ。

もの足りなくはあったものの、贅沢は言えない。むしろ陽一郎の立場では、人妻を自ら不貞に誘うわけにはいかないのだ。

「ねえ、気持ちよくなったら、いつでも出していいからね」

千帆が息をはずませながら、嬉しい許可を与えてくれる。ピルを飲んでいるから、妊娠の心配はないのだろう。

「わかりました」

鼻息を荒くして女体を突きながら、陽一郎はふと重要なことを思い出した。

(待てよ。戸森さんの件も、社長に報告しなくちゃいけないいんだよな)

いったいどんなふうにレポートをまとめればいいのか。蕩けるような愉悦にまみれつつも、陽一郎はどうしようと頭を悩ませた。

そうやって気を逸らされたおかげで、射精までの時間が長引いたようである。

「ね、ねえ、まだなの？」

身をよじって訊ねる若妻にハッとする。いくらか余裕があったはずなのに、彼女はかなり高まっている様子である。抽送を長く続けられ、意志に反して感じてしまったようだ。

「あ、すみません」

陽一郎は謝り、行為に集中しようとした。ところが、早くイカなくちゃと焦るほどに、射精欲求が沈静化に転ずる。

一方、千帆のほうは美貌を淫らに蕩けさせ、目の焦点も失いつつあった。

「だ、ダメよ。そんなにされたら、わたし――」

息づかいを荒くして、半裸のボディを波打たせる。杭打たれる蜜芯も、もっとしてとせがむみたいにすぼまった。

(ああ、戸森さん、すごくエッチだ)

新人研修での毅然とした講師っぷりが嘘のように、快楽に身をやつしている。くねる若腰が、人妻の色気をぷんぷんと振り撒《ま》いた。

おかげで、ピストンにもいっそう熱が入る。

「あ、ああっ、こんなはずじゃなかったのにぃ」

乱れた千帆が、いよいよ限界に達する。

「だ、ダメ、もう――」

下腹の波打ちが大きくなり、膣がキュウッと締まる。白い喉を見せてのけ反った艶ボディが、歓喜の波に巻かれた。

「イヤイヤ、い、イク、イッちゃうぅぅうーっ！」

掲げられた美脚が牡腰に絡みつき、強く引き寄せられる。硬いペニスを、奥まで貪欲にほしがるみたいに。

あられもなく昇りつめた姿に、陽一郎は深い満足感を得た。

（おれ、戸森さんをイカせたんだ）

しかも、まだ余裕がある。ヒクヒクとわななく女体を、彼は容赦なく責め続けた。

「いやぁ、も、イッたのにぃ」

涙声でなじっても、愛液をトロトロとこぼす女芯を抉られ続ける。千帆はまたも快楽の高みへ駆けのぼった。

「だ、ダメ、またイクのぉ」

涎《よだれ》を垂らさんばかりに口許を緩めた彼女に、陽一郎は胸打たれるのを覚えた。夫にしか見せないであろう正直な痴態を、こうして晒してくれたのだから。

（もっと感じていいですよ）

疲れも知らず腰を振り、リズミカルな出し挿れで若妻を苛《さいな》む。彼女のヒップの下は、垂れたラブジュースでビショビショになっていた。

「も、もうダメ、そんなにされたら死んじゃう。でもイク。死んじゃうけどイクぅ」

悩乱の声を張りあげた千帆が四度目のアクメに到達するのと同時に、陽一郎もおびただしい精を放った。濃密な悦びにまみれ、最高の気分を味わいながら。

第三章　悩める熟れ妻

1

「予想外の成果だわ。本当に、ここまでやるとは思っていなかったもの」

「はあ」

「なかなかやるじゃない、榊君」

社長室に呼ばれた陽一郎は、百合のお褒めの言葉を頂戴しても、肩をすぼめて縮こまっていた。最初のときと同じように、応接セットのソファーに腰掛けて。

緊張していたのは事実ながら、それだけが理由ではない。人妻である社員と関係を持った、後ろめたさゆえである。

しかも、ふたりと。

「市島さんは元気になって、バリバリ活躍しているし、営業成績も以前より上がったっていうじゃない。それから、戸森さんも立ち直ってからは、もう三つも新しい企画を出したのよ。これもみんな、榊君のおかげね」

「いえ、僕だけの力じゃありませんから」

それは謙遜《けんそん》ではなく、事実であった。佐絵にしろ千帆にしろ、棚ぼた的にうまくいったようなものなのだ。

「報告書にも、そんなふうに書いていたわね。相談にのって話をするあいだに、自分で解決方法を見つけたみたいに」

結局、そんなふうにまとめるしかなかったのである。

「まあ、実際にそうでしたから」

「だけど、ふたりともそうだったたっていうのは、むしろすごいじゃない。要はカウンセリングの効果なんだから」

「え、カウンセリング？」

「本当に優れたカウンセラーは相槌を打つだけで、相手が何を望んでいるのか、どうしたいと考えているのか、気持ちの深いところを上手に引き出すそうよ。つまり、榊君にカウンセラーとしての素養があったから、ふたりとも自分をさらけ出して、解決の糸口が摑めたわけじゃない」

彼女たちが自分をさらけ出したのは事実ながら、それは心ではなく肉体のほうである。糸口を摑めたというより、ペニスを摑まれたというのが正しい。

しかし、そんなことを社長に言えるはずがない。

「まあ、そうかもしれませんけど」

消極的ながら肯定したのは、この話題をさっさと終わらせたかったからだ。

「ところで、こちらに呼ばれたのは、何か理由があるんでしょうか？　いつもはメールで指令が来てましたけど」

話題を変えると、百合がわずかに表情を曇らせた。

「まあ、ちゃんとできてることを褒めてあげたかったのもあるんだけど、本人に会わせたかったたっていうのもあってね」

「え、本人？」

本人も何も、ここには百合しかいないではないか。

「それじゃあ、社長の悩みを解決するんですか？」

「違うわよ。バカね」

眉をひそめられ、それもそうかと陽一郎は納得した。社長ともあろうお方が、こんな若僧に頼るはずがない。

「それじゃあ、その方をここに呼んでいるんですか？」

「呼んでるっていうか、もう会ってるわよ」

「え？」

「秘書の郷田裕美《ひろみ》さんなの」

「ああ」

そういうことかとうなずいて、この部屋に入る前に顔を合わせた女性を思い出す。最初のときにも会ったけれど、黒縁眼鏡の生真面目な面差しと清潔感のある身なりは、かなり身持ちが堅そうである。いかにも秘書という感じだ。

ところが、彼女は最初から秘書だったわけではないと、百合に教えられた。

「郷田さんはもともと総務部で、この三月に結婚してから秘書課に異動したの」

「結婚してからって、ご本人の希望があったんですか？」

「ううん。社内規定で、夫婦は同じ部署に勤めることができないから、彼女に移ってもらったのよ」

「それじゃあ、結婚相手っていうのは――」

「総務の郷田部長よ。入社してから、ずっと郷田さん――裕美さんの指導をしていたのが縁で、親密になったみたいね」

それは職権濫用ではないかと陽一郎は思った。まあ、結果的に夫婦になったのだから、他人がとやかく言う筋合いはないが。

ただ、ふと疑問が湧いた。

「だけど、総務部長が結婚したなんて話は、まったく知りませんでしたけど」

大企業ではないから、たとえ部署は違っても、おめでたい話ならそれなりに伝わってくるのである。

「ああ、部長は再婚だったし、式も挙げなかったのよ。それに、年の差がありすぎるからって、本人たちもあまり大っぴらにしたくなかったみたいね」

「え、おいくつ違いなんですか？」

「十八歳差よ。裕美さんは三十歳で、郷田部長は四十八歳」

それなら親子でも通用しそうである。しかも、元もと上司と部下なのだ。

おそらく夫のほうが体裁を気にして、地味な結婚にしたのではないか。まあ、同じ部署の社員たちは、さすがに知っているのだろうが。

「ええと、あちらにいらっしゃる秘書の郷田さんが、つまり今回のご奉仕相手なわけですね」

「ええ、そうなの」

「いったい、どういうお悩みを抱えてらっしゃるんですか？」

これまでは、それを聞き出すことから始めていたわけである。しかし、今回は社長秘書だ。当然、百合は掌握しているものと思ったのだ。

ところが、

「それを探るのが榊君の——御奉仕課の仕事でしょ」

と、またも丸投げされてしまった。

「だけど、社長が必要だと感じたから、僕に依頼するわけですよね？」

「そうよ」

「様子がおかしいところでもあるんですか？」

「まあ、簡単に言えば元気がなくて、悩んでいるふうに見えるってことなんだけど」

ざっくりした説明に、社長を前にして思わず眉をひそめる。しかし、さすがに失礼かと、表情を従順なものに改めた。

「でしたら、僕なんかよりも、社長が悩みの理由を訊《き》かれたらいかがですか？　直属の上司になるわけですから」

「それができたら苦労しないわよ」

「え、どうしてですか？」

理解できない陽一郎に、百合が説明する。

「あのね、彼女はわたしの下で働いているんだけど、スケジュールの調整や管理といった、補助的な役割が主なの。榊君と市島さんみたいな、同じ課の上司部下の関係とは違うのよ。仕事そのものが異なるっていうか」

「まあ、たしかにそうかもしれませんけど」

「それに、社長相手に気安く悩みを打ち明けられるようなひとじゃないの。いくら女同士で、わたしがフレンドリーに接しても、やっぱり仕えている相手に壁を感じるみたいなのよ」

つまり、どんな場合でも立場をわきまえるタイプの女性なのか。

なるほど、裕美は社交的な感じがしない。それは秘書としては長所と言えよう。どんな秘密もしっかり守りそうだし、一見して信頼できる。

そのぶん、仕事以外の会話は皆無なのではないか。ふたりのあいだに壁を感じるのは裕美のほうではなく、むしろ百合自身かもしれない。

「だけど、榊君になら話してくれるんじゃないかしら。市島さんや戸森さんもそうだったみたいに。やっぱり気を許しやすいし、話しやすいのよ」

自分では付け込まれやすいだけだと思っていたので、陽一郎は黙っていた。

（いや、仮に気を許しやすいのだとしても、郷田さんは無理っぽいな）

あの堅物そうな女性とふたりきりで対面したら、こちらが気後《きおく》れしてしまう。そもそも、どんな口実で話をすればいいのか。

「社長には、郷田さんが悩む理由がまったくわからないんですか？」

「そうね。部署を変わったばかりだし、最初は環境の変化に慣れていないだけかなって思ったんだけど、仕事は前任者よりもしっかりやってくれるし、最初から秘書課に所属すればよかったんじゃないかっていうぐらいに適材適所よ。だから、仕事上の悩みじゃないと思うわ」

「じゃあ、秘書課内の人間関係の問題とか」

「秘書課って、ウチは便宜上そういう名称を使っているだけで、秘書同士の交流はほとんどないの。会社では、それぞれ仕えている役員としか接しないわ」

「あ、そうなんですか」

「会議の日程とかで、他の秘書とアポをとることはあるでしょうけど、その程度よ」

だったら、百合との人間関係に悩んでいるのではないか。ふと思ったものの、さすがにそんなことは言えなかった。

（まあ、社長はざっくばらんな性格みたいだし、あまり気を遣わなくてもよさそうだから、それはないか）

しかし、悩みのタネが会社にないとすると、問題の源は家庭ということになる。

「三月に結婚されたっていうことは、郷田さんは新婚さんなんですよね？」

「そうよ。その前の付き合いがだいぶ長いから、そんなに甘々っていう感じじゃないみたいだけど」

「ご本人がそうおっしゃったんですか？」

「ええ。新婚生活のことを訊いたら、真面目な顔で答えたの」

ということは、新婚なのに甘い雰囲気を出してくれない夫に不満があるのか。とは言え、あの真面目そうな裕美が、夫に甘える姿を想像するのは困難であった。そもそも、そんな関係を望んでいるようには見えない。

（式を挙げなかったのは、郷田さんの意向もありそうだよな）

派手なことを好まない性格に映るし、無駄なことは徹底して省きそうだ。

「ええと、旦那さん――総務の郷田部長は、どういう方なんですか？」

「仕事はできるし、温厚でいいひとよ。部下と結婚したわけだけど、自分の立場を利用して何かするようなタイプでもないし。だからこそ、裕美さんのほうが好きになって、ふたりは結ばれたって聞いたけど」

「それも郷田さん――裕美さんが言ったんですか？」

「ええ、そうよ」

では、夫の問題ではないのか。

「そう言えば、旦那さんの前の奥さんはどうされたんですか？」

もしかしたら、前妻から嫌がらせでもされているのかと思ったのである。

「亡くなったのよ、十年ぐらい前に。交通事故だったんだけど」

「そうだったんですか……」

ならば、嫌がらせは不可能だ。まさか幽霊になって、後妻に取り憑《つ》いているわけではあるまいし。

十年前となると、裕美が上司である夫と会ったときには、すでに彼は独り身だったわけである。よって、亡き妻に恨まれる筋合いはない。恨むのなら、他の女と結婚した夫のほうだ。

まあ、本当に心霊的な問題が生じているのであれば、御奉仕課で解決するのは無理である。霊媒師か、寺の住職にでも依頼するべきだ。

もっとも、陽一郎が裕美に対峙することを躊躇《ちゅうちょ》したのは、決して霊を恐れたからではない。社長秘書と一対一で話すのは、やはりハードルが高かったからだ。特に裕美のように、いかにも堅そうな女性とは。顔を合わせるのは今日が二度目だったが、ニコリともしてくれなかったのだ。

（旦那さんは温厚なひとだっていうし、そっちから当たってみようかな）

いちおう百合に了解を求めると、それがいいわねと賛成してくれた。御奉仕課の名前は出さず、社長からの依頼であると話してもかまわないとも。

（今回はさすがに、いやらしい展開にはならないな）

陽一郎は安堵しつつ、ちょっぴり落胆していることに気がついた。

（って、何を考えているんだよ）

自らを叱り、気を引き締める。報告書でいちいち悩まねばならないような結果ばかりでは、御奉仕課を名乗る資格はないのだ。

今度こそ、自分の力で裕美の悩みを解決しよう。そう心に決める陽一郎であった。

2

（あ、あの子か）

通りを見渡せるコーヒーショップで、目の前にあるオフィスビルを見張っていた陽一郎は、ターゲットを見つけてひとりうなずいた。

明るい色に染めた髪はストレートで、肩甲骨《けんこうこつ》に届くほどの長さがある。ツンとすました顔は、どこぞのファッションモデルかというぐらいに整っており、メイクにも隙がない。そのため、近寄り難い雰囲気があった。

身にまとうブラウスやスカートは、会社帰りのOLに相応しく派手さはない。しかし、ファッションに疎《うと》い陽一郎でも、洗練されているとわかった。ショルダーバッグも含めて、すべてブランド品ではなかろうか。

彼女の名前は郷田莉子《りこ》。二十二歳。裕美の娘である。

とは言え、年齢から明らかなように実子ではない。夫と前妻の娘であり、裕美は彼女にとって義母ということになる。

(なるほど、いかにも水と油って感じだな)

近寄り難いという点では、裕美も莉子も一緒である。それゆえ共感すればいいのだろうが、磁石の同極同士が反発するみたいに、まったく相容れないらしい。特に娘のほうが、新しい母親を毛嫌いしているそうだ。

ということを、裕美の夫である総務部長から教えてもらった。

堅物の社長秘書がどんな問題を抱えているのかは、難なくわかった。義理の娘との関係に、頭を悩ませていたのだ。

総務部長の話では、もっと早く再婚したかったものの、莉子が裕美を受け入れようとしなかったため、大学を卒業して就職が決まるまで待ったという。社会人になれば考えを改めるだろうと、期待したとのことである。

現在は、親子三人で同居しているものの、家の中はかなりピリピリしているそうだ。裕美のほうは打ち解けようとしているのに、莉子がまったく心を許さないらしい。ただ、夫婦間と、父と娘の間柄はまったく問題がないそうで、今は時間が解決するのを待っている段階だと部長は話した。まだ若い陽一郎にそこまで打ち明けたのは、彼も家庭内のことで参っているからであろう。

それにしても、家族になったあとも確執が続いているとは。

(女同士っていうのは、いろいろと面倒くさいって聞くものな)

女性経験が乏しいくせに、陽一郎は訳知り顔でやれやれと思った。

裕美が何に悩んでいるのかはわかったものの、それで終わりとはならない。問題を解決し、癒やすなり救うなりすることが、御奉仕課の使命なのだ。

そして、この場合は本人と応対するよりも、娘に言い聞かせるほうが手っ取り早いと考えたのである。

（お義母《かあ》さんが悩んでいることや、会社で頑張っていることを伝えれば、ちょっとは言動を改めるんじゃないかな）

何より、莉子は陽一郎の三つ下なのだ。三十歳の裕美よりも年が近いこともあって、与《くみ》し易《やす》いと考えたのである。

では、さっそくと席を立ちかけた陽一郎であったが、幸運にも莉子がこちらへ足を向け、コーヒーショップに入ってきた。帰宅前に休憩するつもりなのか。

とりあえず席を荷物でキープしたまま、レジカウンターの近くに行って様子を窺う。彼女はアイスカフェオレを買い求めると、空いている席を探して店内を見回した。

今がチャンスと、陽一郎は声をかけた。

「あの、すみません」

「え？」

莉子がこちらを見て、あからさまに眉をひそめる。見知らぬ男を相手に、警戒感をあらわにした。

思わず怯みそうになったものの、ここで引き下がっては何にもならない。陽一郎は急いで名刺を差し出した。

「僕は、あなたのお母さんと同じ会社に勤めている、榊陽一郎といいます」

名刺の会社名を確認し、うなずきかけた彼女が、不意にキッと表情を引き締める。

「あたしの母は亡くなりました」

やはり莉子は、裕美を母親とは認めていないようだ。

「すみません。あなたの義理のお母さんと同じ会社です」

言い直すと、納得したふうにうなずく。一連のやりとりだけで、かなり頑固な性格であるとわかった。

(これはそう簡単には懐柔されなさそうだな)

陽一郎が密かに危ぶんだとおり、莉子は忠言されてすぐに考えを改めるような、素直な娘ではなかった。

「あのひとが何を悩もうが、あたしには関係ありません」

テーブル席で向かい合い、ここに来た理由を簡潔に説明したところ、彼女は不快感をおもてに浮かべて突っぱねた。

「いや、僕も社長に頼まれて来ているので、はいそうですかと引き下がるわけにはいかないんです」

同じ会社勤めの立場ならわかるでしょうと、共感を期待して訴えたのに、

「そちらの社長さんの都合も、あたしとは関係ないことですから。もちろん、あなたの立場を慮《おもんぱか》る筋合いもありません」

と、莉子はにべもなかった。

「まあ、莉子さんの気持ちもわかりますけど」

彼女に寄り添う態度を示そうとしたものの、かえって逆効果だったらしい。

「何がわかるんですか?」

莉子が目を吊り上げ、睨みつけてくる。陽一郎は思わず居住まいを正した。

「だったら、あたしが母を亡くしたときにどれだけつらかったか、あなたは理解できるっていうんですか?」

「い、いや、それは——」

「あのとき、あたしは小学五年生でした。そろそろ反抗期に入っていましたし、母に反発することもありました。だけど、第二次性徴を迎えるときでもありましたから、女の子にはとってもデリケートな時期だったんです。身近に相談できる同性がいてほしかったですし、いきなり父ひとり娘ひとりの生活になったことも、とても寂しくてつらかったんです」

切々と訴えられ、陽一郎は気持ちがわかるなんて安易に告げたことを後悔した。

莉子は今でこそ気が強そうながら、実母を亡くしたときには声を上げて泣いたのではないか。年頃の少女の悲しみは、計り知れないものであったろう。

するとと、彼女がなぜだか、父親のことを話しだした。

「あのときは、わたしと同じぐらいに父も寂しくて、つらかったと思います。それでも悲しむばかりじゃなくて、仕事だけでなく、家のことも一所懸命してくれました。どんなに忙しくても寄り添ってくれて、あたしが母のいない寂しさから自暴自棄になりかけたときも、ちゃんと支えてくれました。だから、あたしは父に感謝しています。その気持ちは今でも変わりません。父のことは大好きですから」

それを聞いて、陽一郎はもしやと思った。

（ひょっとして、裕美さんに反発しているのは、お父さんをとられて悔しいからなのか？）

父親とふたりだけの生活を送るあいだに、ファザコンになってしまったのだとか。そのため、父と結婚した裕美に嫉妬しているのかもしれない。

「だけど、お父さんのことが好きだったら、再婚を許してあげてもいいんじゃないですかね」

たしなめたつもりが、厭味《いやみ》に聞こえたのだろうか。莉子がムッとした顔を見せた。

「許しましたよ。あたしだって父には幸せになってほしいですから、ちゃんと祝福しました」

「え？　だったら、裕美さんのことをお母さんと認めてあげても――」

「それとこれとは話が別です」

いったい何が別だというのか。陽一郎にはさっぱりわからなかった。

「父があのひとと結婚するのは、べつにかまいません。ふたりが愛し合っているのなら、それを反対する権利はあたしにはありませんから」

「いや、それなら、家族三人で仲良くすればいいでしょう」

「あたしの母は、亡くなった母ただひとりです」

莉子がぴしゃりと言う。裕美のことは父の妻として受け入れても、母親としては絶対に認めないつもりらしい。

(うーん、どうも厄介だな)

つまり、三人家族なのに、夫婦と父娘が別々に存在しているようなものなのか。親子で三角関係を醸成しているとも言えよう。

それを解消するためには、やはり莉子と裕美が和解するしかないようだ。それも、娘のほうが歩み寄ることで。

「まあ、裕美さんとは年も八つしか違わないし、お母さんと呼ぶのは抵抗があるかもしれませんけど」

「年は関係ありません」

「そうなんですか？　だったら、尚のこと受け入れてもいいと思うんですけど。裕美さんは莉子さんの母親として認められるよう、頑張っていると聞きました」

「いくら頑張ったって、そんなズルは認めたくありません」

「え、ズルって？」

「あたしと父が、ふたりだけの生活でどれだけ苦労してきたのか知りもしないで、あとから入り込んで母親面するなんてズルいじゃないですか」

莉子が憤慨の面持ちを見せる。どうやらその点が、最も我慢できないところのようだ。

（なるほどな。父子家庭で苦労してきたぶん、いいとこ取りした裕美さんが許せないってわけか）

だが、裕美だって相応に苦労し、今もどうすれば莉子の母親になれるか、悩んでいるはずなのだ。

「いや、裕美さんだって苦労してないわけじゃないんですよ。普段から真面目で、何があっても音を上げないで頑張るひとなんです。ただ仕事ができるから、楽をしているように見えるだけなんじゃないですか？」

「ふん。真面目なのだって表面だけで、本心はわからないわ。案外、あたしがお嫁にいくなりして、さっさと出ていけばいいと思ってるんじゃないかしら」

急に言葉遣いが雑になる。義理の母をまったく信用していないようだ。

いや、いっそ信用したくないのだろう。完全に依怙地《いこじ》になっている。

「そんなことありませんよ。莉子さんのことを気にして、いつでも心配していると思いますよ」

「心配？」

莉子が嘲《あざけ》るような笑みを浮かべる。そんなことがあるはずないと言いたげに。

陽一郎はさすがにイラッとした。すると、彼女が何やら閃いたふうに、「あ——」と声を洩らす。

「ねえ、本当にあのひとが、あたしのことを心配すると思うの？」

「もちろんですよ。たとえ血の繋がりはなくても母親なんですから、何かあったら命がけで莉子さんを守るはずですよ」

ここぞとばかりにアピールすると、莉子がまた小馬鹿にした面持ちを見せた。

「命がけね……だったら、試してみる？」

年上の陽一郎にタメ口をきき、挑発的な眼差しを向ける。これでは付け込まれやすいというより、舐められているも同然だ。

「え、試すって？」

「本当にあのひとが、あたしのために命をかけるようだったら、母親として認めてあげてもいいわ」

どうやら、何か企みがあるらしい。嫌な予感がしたものの、ここはどうあっても莉子を説得せねばならないのだ。

「いったい、どんなふうに試すんですか？」

「その前に、あたしの言うとおりにするって約束する？　だったら話にのってあげてもいいけど」

完全な上から目線に、むしろやってやろうじゃないかという気にさせられる。案外、彼女もそれを見越していたのかもしれない。

「約束するよ。その代わり、裕美さんが本当に莉子さんのことを心配しているってわかったら、ちゃんとお母さんとして認めてあげろよ」

相手に合わせた言葉遣いで言い返すと、

「わかったわ」

うなずいた莉子が、すっと席を立つ。あっ気にとられた陽一郎を見おろし、

「それじゃ、行きましょうか」

早くも勝ち誇った表情を見せて告げた。

3

連れていかれたところは、マンションの一室であった。玄関の暗証番号も知っていたし鍵も持っていたから、普通に考えれば彼女の住まいということになる。

(あれ、親子三人で住んでるんじゃなかったのか？)

聞いた話では、郷田家は一戸建て住宅のはずだったのだが。

おまけに、そこは1DKと狭い。部屋にはベッド以外の家具がほとんどなく、生活感があまり感じられなかった。いっそシティホテルのような雰囲気である。

「あの、ここは？」

怖ず怖ずと訊ねると、莉子はベッド脇の椅子にショルダーバッグを置きながら、

「あたしがお世話になっているパパが借りてる部屋。いつでも使っていいって言われ

てるの」

　と、悪びれもせずに答えた。

「え、パパって……じゃ、じゃあ、そのひとの愛人ってこと!?」

　驚きをあらわにすると、彼女は不機嫌そうに顔をしかめた。

「愛人なんて、ひと聞きの悪いことを言わないで。単なる『パパ活』よ」

　そんなのは売春を援助交際と呼ぶのと一緒で、単なる誤魔化しの言い換えだ。

「で、そのパパっていうのは、何歳？」

「んー、五十歳は超えてると思うけど」

　若い娘との逢い引きのために、こんなマンションまで借りるぐらいだ。相応に地位と稼ぎがあるのだろう。洗練された身なりからして、莉子はかなりのお手当をもらっているると見える。

「いつからそのひとをパパって呼んでるの？」

「大学二年のときからよ」

　答えてから、彼女は訊ねもしないのに自分から喋った。

「べつに、パパに処女をあげたわけじゃないわよ。初体験は高校生のときだったし」

「それって彼氏と？」

「彼氏っていうか、担任の先生」

「え？　い、いくつのひと!?」

「んー、四十歳ぐらいだったかしら。奥さんと子供もいたし、それがわかった上での割り切った関係だったから、彼氏とは言えないわね」

「先生って……」

「まあ、セックスしただけの相手なら、先生以外にも何人かいるけど。年はみんな似たようなものよ」

あっけらかんと答えられ、陽一郎は啞然となった。

(この子、やっぱりファザコンなんだな)

だからこそ、父親みたいな年齢の男に惹かれるのではないか。まあ、実の父親と妙な関係にならないぶん、健全とも言えるが。

(いや、どこがだよ)

おそらく、今のパパにも妻子がいるのだろう。そんな男に囲われて平然としていられるのは、どう考えてもまともじゃない。

(ていうか、他人をパパって呼べるぐらいなら、義理の母親をママって呼ぶのも簡単じゃないのか？)

胸の内でツッコミまくる陽一郎を尻目に、莉子が準備らしきことを始める。ベッドの掛け布団を床に落とし、クローゼットからバスローブの腰紐だけを取り出した。

「何を始めるんだ？」

胸騒ぎを覚えつつ訊ねるなり、彼女がいきなりブラウスの前を全開にしたものだから度胆を抜かれる。しかも、ボタンを外さずにだったから、一部がはじけ飛んだ。

「わっ」

レースで飾られた水色のブラジャーがあらわになり、思わず声を上げる。

「ちょ、ちょっと、莉子さん——」

焦って声をかけても、彼女は涼しい顔つきだった。

「それじゃ、始めるわよ」

「は、始めるって、何を？」

「あたしがレイプされているところの動画を撮るのよ」

「レイプって——」

「それを、あのひとに送りつけてあげるの。娘を助けたかったら、ひとりで来いってメッセージをつけてね。それで、本当にひとりで来たら、間違いなく命がけってことになるでしょ」

　それは確かにそうかもしれないが、なんて悪趣味な方法を採るのか。だが、莉子は罪悪感など微塵《みじん》も持ち合わせていない様子だ。

「ほら、あなたも準備してよ」

「準備って……」

「あたしにチンチンを突っ込む準備よ」

　品のない発言に、陽一郎はますます狼狽した。

「そ、そんなことできないって」

「今さらなによ。あたしの言うとおりにするって約束したくせに」

「いや、それは」

「そもそも、あのひとがあたしのことを命がけで守るはずだって言い張ったのは、あなたなんだからね」

　こっちが悪いように主張される。反論しようにもなんと言えばいいのかわからなかった。

　その間に、彼女はスカートも腰までたくし上げ、ブラジャーとお揃いのパンティも、乱暴に毟《むし》り取った。ゴムが伸びて、片方の脚に残骸となって引っ掛かった状態にする。いかにも乱暴されたふうに。

（マジかよ）

驚愕で目を見開いた陽一郎は、ナマ白い下腹に逆立つ秘毛をしっかりと捉えていた。今日が初対面の、若い娘の生々しい部分を目の当たりにしながらも、現実感が驚くほど希薄だった。まるで夢でも見ているかのように。それだけ展開が急で、気持ちが追いついていなかったのだ。

「ほら、これであたしを縛って」

バスローブの紐を差し出されて、ようやく現実に引き戻される。

「え、縛る？」

「そうしないと、レイプに見えないじゃない」

本当にそんな動画を撮るつもりなのか。陽一郎はあきれるのを通り越して、背筋が寒くなった。

（何を考えているんだよ？）

しかしながら、本当にレイプを――セックスをするつもりはないのだろう。さっきはチンチンを突っ込むと言ったけれど、単なる比喩にすぎない。あくまでもそういう演技をして、義母を騙すつもりなのだ。

（まったく、こんな娘を持つことになるなんて……）

て自由を奪った。

裕美が気の毒だ。同情を禁じ得ない。それでも約束した手前、莉子を後ろ手にさせ

（いいのかな、こんなことして）

モヤモヤしてきたのは、若妻の千帆を後ろ手に縛ったときのことを思い出したからだ。あのときは自由を奪う程度だったが、今回は胴体ごと縛ったので、いかにも監禁し、拘束した感じである。

「あ、あたしのバッグからスマホを出して」

指示に従うと、彼女は暗証番号を告げてカメラを起動させ、自分はベッドに寝転がった。それも、両脚を大胆に開いて。

（わわわ）

恥毛どころか、ほころんだ女唇まで見せつけられ、陽一郎は反射的に顔を背けた。見るなと咎められる気がしたのであるが、実際は逆だった。

「ひょっとして、エッチの経験がないの？」

訝《いぶか》るふうに問われ、慌てて否定する。

「そ、そんなことないよ」

「だったら、さっさと下を全部脱ぎなさい」

「うう……わ、わかったよ」

まったく、どうしてこんなことになってしまったのだろう。

(今回は、いやらしい展開はないと思ってたんだけど)

いや、最初から裕美と話していれば、こうはならなかったはず。年下だからと甘く見て、先に娘を選んだものだから、妙なことになってしまったのだ。

(お父さんはいいひとだったのに、なんて子だよ)

もっとも、莉子の口車に乗せられた、陽一郎にも責任がある。どうにでもなれと、半ばヤケ気味にジャケットを脱ぎ、ズボンとブリーフをベッドの下に落とした。

「え、どうして勃《た》ってないの?」

頭をもたげて牡の股間を見た彼女が、眉間に深いシワをこしらえる。性器を晒したのにエレクトしていないものだから、女としてのプライドを傷つけられたのか。

だが、急な展開に、欲望が置いてきぼりを喰っているのだ。いきなり股を広げられても、反射的に勃起できるものではない。男はデリケートなのだ。

「いや、だって」

陽一郎は弁明しようとしたものの、莉子は聞く耳を持たなかった。

「こっちへ来て」

しかめ顔で命令する。

「え、こっちって？」

「あたしの顔の前に、チンチンをよこしなさい」

何をするのかなんて訊くまでもない。手が使えないから口でペニスを愛撫して、エレクトさせるつもりなのだ。

（レイプされるフリをするだけなら、わざわざ勃起させなくてもいいじゃないか）

思ったものの口に出せなかったのは、本当にハメるのよと言われるのが怖かったからである。

陽一郎は膝立ちで彼女の頭のほうに進んだ。交わる可能性が大きくなったことで、そこは浅ましくふくらみつつあったものの、そんな程度で許してもらえるはずがなかったろう。

「ほら、もっとこっち」

首が疲れたのか、莉子が枕に頭をのせてしまったので、腰の位置を下げる。斜め下を向いた秘茎を、蠱惑《こわく》的な唇に接近させると、待ちきれなかったのか再び頭をもたげて食らいついた。

「くううう」

亀頭をすっぽりと含まれ、舌をピチャピチャと躍らされる。くすぐったさを強烈にした快感に下半身が震え、海綿体がたちまち血流で満たされた。

「ぷは――」

牡器官が膨張すると、二十二歳の娘はすぐに口をはずしてしまった。陽一郎を見あげ、

「しょっぱいなぁ」

恨みがましく文句を言う。

(しょうがないだろ。シャワーを浴びてないんだから)

何も説明せず、勝手に話を進めたそっちが悪いのだ。そう思いながらも、

「ご、ごめん」

つい謝ってしまう陽一郎である。いくら年下でも、やはり女性には弱いのだ。

「じゃあ、あたしにもクンニしてよ」

「え?」

「挿《い》れる前にちゃんと濡らさないと、オマンコが痛くなるでしょ」

恥ずかしげもなく禁じられた四文字を口にしたのは、現代っ子ゆえなのか。いや、違う。彼女ゆえなのだ。

淫語発言にも昂奮させられ、陽一郎は今や完全にその気モードであった。あられもなく開かれた下肢のあいだに膝をつき、ツンと逆立ったままの恥毛の真下に顔を寄せる。

シャワーを浴びていないのは、莉子も同じだ。しかも、会社勤めをしたあとなのである。

その部分からたち昇る汗の酸味が、鼻奥を刺激する。アンモニアの風味もわずかに混じっているようだ。

だが、高校生のときから年配の男たちを相手にしてきたわりに、秘苑は可憐な佇まいであった。

叢《くさむら》はヴィーナスの丘に萌《も》えるのみ。ぷっくりと盛りあがった大陰唇は、色素の沈着がほとんど見られない。中心の縦スジも、はみ出しがほんのちょっぴりあるだけの、綺麗なスリットだ。

そのため、正直な匂いも好ましく感じられる。口をつけることにも抵抗を感じなかった。

「あん」

愛らしい嬌声が聞こえる。秘割れに軽くキスしただけで、陰部がキュッとすぼまった。かなり敏感らしい。

　ならばと、裂け目部分を舌先でチロチロとくすぐると、「あっ、あ――」と焦った声が耳に届いた。ヒップがシーツから浮きあがり、すぐに落ちる。

「くうう、き、気持ちいい」

　悦《よろこ》びを正直に訴えるのがいじらしい。生意気で高慢な娘だと思っていたが、実際はそれほどねじ曲がっていないのかもしれない。

　陽一郎は舌を裂け目に差し入れ、内部を抉《えぐ》るように舐めた。

「あ、あん、それいいッ。もっとぉ」

　莉子がよがり、上半身を縛られているのをものともせず、全身を暴れさせる。舌に絡む蜜汁は粘っこく、ほんのり塩気があった。

(自分のここだって、しょっぱいじゃないか)

　胸の内でなじりながらも、丹念に味わう。恥割れの上部、包皮に隠れた肉芽を探って責めると、「イヤイヤ」と鋭い声が上がった。

「そ、そこ、弱いのぉ」

　年配男性に仕込まれただけあって、若いのに性感がよく発達している。反応は女主任の佐絵よりも鋭いぐらいだ。

もっとも、目的を見失うことはなく、彼女は絶頂前に舐め奉仕を中止させた。

「も、もういいわ」

息をはずませながらいい、内腿で陽一郎の頭を挟んで合図する。

からだを起こすと、莉子が潤んだ目で見あげてきた。頰が赤らんでおり、胸も大きく上下している。

「それじゃ、オチンチンを挿れて」

彼女が再び脚を開き、濡れた華芯を晒す。陽一郎はコクッとナマ唾を呑んだ。さっきしゃぶられた分身も、ギンギン状態である。

「本当にいいの?」

いちおう確認すると、キツい眼差しが向けられる。

「いいのも何も、あなたが始めたことでしょ」

いつの間にか発起人にされてしまった。勃起しているだけなのに。

そこまで言うのならヤッてやると、陽一郎は反発した。反り返るモノを前に傾け、女芯に向かって進む。ふくらみきった亀頭で濡れ割れを上下にこすると、温かな蜜が粘膜にまぶされた。

「ううン」

莉子が悩ましげに眉根を寄せ、腰をくねらせる。この程度で感じて、犯される演技など本当にできるのか。

ともあれ、しっかり潤滑してから、陽一郎は腰を送った。切っ先がめり込み、すぐに狭い入り口にぶつかる。

そこをこじ開けると、丸い頭部がぬるりと入り込んだ。

「あふッ」

喘ぎの固まりが、かたち良い唇から吐き出される。くびれ部分が膣口で締めつけられ、陽一郎も快《こころよ》さにひたった。

(気持ちいい……)

もっとよくなりたくて、残り部分も蜜窟にずむずむと押し込む。

「あ、あっ、来るぅ」

のけ反った若い娘が、半裸のボディを震わせた。

(ああ、すごい)

彼女の内部は狭く、全体にキュッと締めつけてくれる。奥へと導くみたいに、かすかに蠕動《ぜんどう》しているようだ。

「ね、ね、動いて」

莉子がせがみ、両脚を陽一郎の腰に巻きつけた。

(これじゃレイプにならないよ)

あきれながらも、求められるままに腰を振る。強ばりきった肉杭で、狭穴をぬちぬちと抉った。

「ああぁ、か、感じるッ」

頭を左右に振って髪を乱し、彼女が悦びを享受する。縛られながらも、あられもなく乱れる姿にそそられて、陽一郎のピストンもせわしないものになった。

ぢゅ……ぢゅぷ。

杭打たれる女芯が、卑猥な粘つきをこぼす。出し挿れされる筒肉の胴体に、白い濁りがまといついた。

膣内は細かなヒダが多くあり、亀頭の段差をぴちぴちと刺激する。歓喜に煽《あお》られて抽送が速まると、攪拌《かくはん》される愛液がますます泡立った。

「いい、いいの……くううう」

ベッドの上で肢体をくねらせる莉子は、それでも当初の目的を忘れることはなかった。

「ちょ、ちょっとストップ」

陽一郎を制止し、荒ぶる呼吸を整える。

「それじゃあ、撮影してちょうだい」

「え？　あ、ああ」

脇に置いてあったスマホを手に取り、改めてカメラを起動する。編集なしの一発勝負で済ませるからと、彼女は細かく指示を出した。

「あたしがレイプされる演技を始めて、しばらくしてから撮影ボタンを押すのよ。時間は二分ぐらいでいいから、その間、あたしが泣き叫ぶところと、オマンコにオチンチンが出入りするところを交互に撮ってちょうだい。そうね。腰だけ振ってれば両手が使えるだろうし、ときどきアップにするのよ。顔だけじゃなくて、オマンコのところも」

「うん」

「あと、あなたは声を出さないこと。いかにも演技がヘタそうだし、ボロが出るからね。腰振りと撮影だけに専念してちょうだい」

年上相手に少しも遠慮がない。付き合ってきた男たちがずっと年上だから、そいつらと比べればガキみたいに映るのだろうか。

「ん、わかった」

「それじゃ、始めるわよ。腰を動かして」

陽一郎がピストン運動を再開させると、さっきまでよがっていたのが嘘のように、莉子は迫真の演技を見せた。

「イヤイヤ、や、やめてぇっ！」

泣き喚《わめ》き、涙まで溢れさせたのである。

（すごいや、この子）

おかげで陽一郎は、本当に陵辱しているかのような錯覚に陥った。

鼻息を荒くして女体を責め苛みながら、撮影ボタンを押す。ピロリンと、場にそぐわない陽気な音が鳴った。

それが聞こえたのか、彼女の演技がヒートアップする。

「いやぁ、ゆ、許して。お、お願い……」

身をよじり、涙をポロポロとこぼす。髪の毛が濡れた頬に張りついて、壮絶な印象を強めた。

（すごいぞ、これ）

スマホの画面を見ながら、陽一郎はいつしか夢中になっていた。かつてなく激しく腰を振り、言われたとおりに顔と結合部をアップにする。もちろん、全体像を捉えることも忘れない。

さらに、途中でブラジャーのカップをずり上げ、手頃な大きさの乳房もあらわにさせたのである。これはアドリブであった。

すると、莉子がさらに大きな悲鳴をあげたものだから、臨場感が増した。

指示どおりに、時間が二分を超えたところで撮影を終了する。もっとしたかったが腰の動きも止め、

「終わったよ」

声をかけると、彼女はぐったりして深い息をついた。

「……ねえ、ほどいてよ」

「あ、うん」

正直、名残惜しかったけれど、陽一郎はペニスを抜いた。それは根元までヌルヌルしたものにまみれ、カス状の白い付着物もそこかしこにあった。

それから莉子を助け起こし、バスローブの紐をほどいてあげる。

「まったく……」

彼女は眉をひそめると、すぐにブラのカップを戻した。

（おっぱいを見られたくなかったのかな？）

だからブラジャーをきっちり着けたままでいたのだろうか。

乱れた着衣でも、莉子が素晴らしいプロポーションであることがわかる。それこそモデルばりに。

けれど、バストサイズはいくらか控えめだ。かたちの良い美乳ながら、本人にはコンプレックスなのかもしれない。

「スマホ返して」

「ああ、どうぞ」

彼女は撮影されたばかりの疑似レイプムービーを再生し、うなずきながら確認した。

「うん。よく撮れてるわ。なかなかうまいじゃないの。これならAV監督になれるかもね」

蔑《さげす》んだ口調だったから、褒めたわけではないのだろう。事実、乳房があらわにされたところでは、不機嫌そうに鼻に縦ジワをこしらえた。

「ま、根っこがスケベだから、ここまでのものが撮れたんでしょうね」

横目で陽一郎を睨み、フンと鼻を鳴らす。おっぱいを見られたことを、まだ根に持っているらしい。

彼女は義母宛のメールを打つと、そこに陵辱動画を添付して送信した。壁の時計を

確認し、

「もう家に帰っているころね。さて、どんな行動に出るかしら、見物だわ」

美貌には不似合いな、悪辣《あくらつ》な笑みを浮かべた。

「どんな文面で送ったの？」

気になって訊ねると、スマホが差し出される。

「見る？」

送信されたメールの本文を読んで、陽一郎は思わず顔をしかめた。

『お前の娘はあずかっている。返してほしかったらひとりで来い。通報したり、誰かに言ったりしたら、こいつの命はないものと思え。それから、遅れれば遅れるほど、こいつは犯され続けるからな。そのことも忘れるな』

文面の最後にはマンションの住所と部屋番号、着いたらどうするかの指示が付け加えられていた。

（まずいって、こんなの……）

いかにもありがちな脅迫文ながら、これを裕美が読んだときのことを考えると、ひどく胸が痛んだ。何しろリアルな動画付きなのだ。間違いなく信じるであろうし、不安と狼狽でどうかなってしまうのではないか。

（仕事のことなら何でも冷静に対処できそうだけど、これぱっかりはそうはいかないだろうなあ）

莉子の命がかかっているとなれば、本当にひとりで来るであろう。しかし、もしも警察に通報でもされた日には、こちらが窮地に陥るのだ。完全な脅迫であり、悪戯《いたずら》ですませられるようなことではない。

「それで、裕美さんが来たらどうするんだよ？」

苛立ちを隠せずに訊ねると、彼女は「そうね」と首を捻った。しっかり計画を立てていなかったのかと不安になる。

だが、こういう企みには頭が回るのか、素早くこれからの展開を告げた。

（いや、それはまずすぎるって――）

すでにまずいことを始めているわけであるが、さらに非道なことを口にされ、陽一郎は蒼《あお》くなった。本当に裕美が心配するのかを確かめる以上に、莉子は義母を苦しめることを目的にしているのではないかと思えたのだ。

「だけど、そこまでやる必要はあるのかな」

やんわりたしなめたものの、彼女は即座に反論した。

「そこまでやらないと、本当に命がけであたしを守ろうとするのかどうかなんて、わからないじゃない」

言われて、命がけなんて言葉を使うんじゃなかったと、陽一郎は後悔した。そのせいで、妙なスイッチが入ってしまったのではないか。

「でも、おれは顔を知られているわけだから、その役割はできないよ」

「心配しないで」

莉子はベッド脇のサイドテーブルを探り、チェストから何やら引っ張り出した。それは頭からすっぽり被る、目出し帽であった。

渡されたものを確認すれば、穴が空いているのは両目と口のところのみ。こんなものを使うのはウインタースポーツの愛好家か、そうでなければ銀行強盗かテロリストぐらいのものだ。

べつに持っているのはかまわない。だが、どうしてベッド脇にあるのかと、理解に苦しむ。

(ひょっとして、パパと妙なプレイでもしてるんじゃないのか?)

それこそ、強盗にレイプされるようなシチュエーションで愉しんでいるのではないか。だから犯される演技が、あんなに上手かったのかもしれない。

「それを被れば、あなただってわからないでしょ」

「うん……」

「あと、声は変えてよ。なるべく低くして、ドスの利いた感じにしてね」

「わかったよ」

ぶっきらぼうに答えると、またバスローブの紐が渡される。

「じゃあ、また縛って」

「え？」

「あたしはあなたに捕まってるんだから、縛られていないと不自然でしょ」

「ああ、そうか」

納得してさっきと同じように拘束すると、莉子は再びベッドに寝転がった。

「じゃ、続きをして」

「え、続きって？」

「あたしを犯し続けるのよ。ボロボロになるまで。でないとリアルじゃないわ」

などと言いながらも、目が笑っている。どことなくワクワクしているふうでもあった。

(単にヤリたいだけじゃないのか？)

もっとも、さっきは途中で終わったから、陽一郎のほうも中途半端だったのだ。

大股開きで待ち構える彼女の脚のあいだに、腰を進める。ところが、もう少しで性器同士が接触するというところで、

「あ、待って」

莉子が行為を中断させた。

「え、なに？」

「縛られてレイプされてるんだから、体位を変えなくちゃ不自然でしょ」

何が不自然なのかさっぱりわからなかったものの、彼女は縛られたまま器用に身を起こし、膝をついて陽一郎に背中を向けた。

そして、前屈みになって上半身をシーツにつけ、尻を掲げた挑発的なポーズをとったのである。

「バックから犯して」

顔を後ろに向け、淫蕩な笑みを浮かべて言う。なるほど、確かにこれは陵辱に相応しい体位だ。

乳房よりも女らしいボリュームを誇る若尻は、谷がぱっくりと割れて恥ずかしいところをあらわにする。色素がうっすらと沈着した底には、排泄口たる可憐なツボミがあった。

(莉子さんのおしりの穴だ……)

性器以上にイケナイところを目にした気がして、胸が高鳴る。股間の屹立がビクンとしゃくり上げた。

陽一郎は膝を進め、ほころんだ淫華に狙いを定めた。狭間に白い粘液を溜めたところに、亀頭をめり込ませる。

「はうん」

期待にまみれた声を洩らし、莉子が丸みをブルッと震わせた。

「挿れるよ」

短く告げて、腰を前に送る。肉の槍が、狭い蜜穴を一気に貫いた。

「はううう——」

背中を弓なりにして、若い娘が歓喜の声をほとばしらせる。

(うう、気持ちいい)

さっきも味わった膣内は、いっそう熱を帯びているよう。入り口と中程あたりが、交互にきゅむきゅむと締めつけるのもたまらない。

「い、いっぱい突いてぇ」

淫らなおねだりに応え、陽一郎は分身をそろそろと後退させた。白い粘液をまといつかせた肉胴が、くびれ近くまで現れてから、心地よい柔穴へ勢いよく戻す。

「きゃうぅうーン」

子犬みたいな嬌声がほとばしり、尻の谷がなまめかしくすぼまった。

（たまらない――）

あとは自制などすることなく、高速のピストンを繰り出す。豊かな尻肉を鷲掴みにし、モミモミしながら。

（ああ、いいおしりだ）

肌のなめらかさと、お肉の弾力の見事な融合。これは男が放っておかない、極上の尻だ。彼女を抱いた年配の男たちも、きっと夢中になったことであろう。

肉根が出入りする真上、愛らしい秘肛がもっとしてとねだるみたいに収縮する。ふと悪戯心を起こし、陽一郎は人差し指を咥えて唾で濡らすと、放射状のシワをヌルヌルとこすった。

「ふああああっ」

途端に、莉子が若腰をガクガクとはずませた。

「そ、そこダメえ」

などと言いながら、ツボミは気持ちよさそうにヒクつく。感じているのは明らかだ。

陽一郎は抽送を続けながら、尻穴もしつこく愛撫した。

「あ、あ、あん、いやぁ、か、感じすぎるぅ」

性器のみの交わりよりも、アヌス刺激を加えたほうが、艶声が高らかである。どこもかしこも感じるように、年上の男たちからきっちり仕込まれたようだ。

いや、もともと性感が豊かなのかもしれない。だからこそ、若い男のテクニックでは満足できないのだとか。

とは言え、陽一郎だってそれほど多くの女性を知っているわけではない。体験した回数など、彼女の足元にも及ばないであろう。

それでも、こうして臆することなく女体を責め苛《さいな》むことができるのは、御奉仕課の役目を仰せつかったおかげだ。佐絵に千帆と、魅力的な人妻たちと肉体を交わした経験が生きている。

もちろん、こちらが奉仕するはずの女性たちから、逆に奉仕してもらうことになったなんて、課の創設者である百合は予想もしなかったであろうが。

ともあれ、人妻をふたりも相手にしたことで、男としての自信がついた。結果、こうして急場をしのげるまでになったのである。

リズミカルに打ちつけられる下腹が、パツパツと湿った音を鳴らす。そのたびに、尻肌にぷるんと波が立った。

「ううう、い、イキそう」

いよいよ高みに至ったらしく、莉子が絶頂を予告する。陽一郎もそろそろ危うくなっていた。

「おれも出そうだ」

告げるなり、彼女がハッとして顔を後ろに向けた。

「だ、ダメよ。あなたはイカないで」

「え？」

「言ったでしょ。あのひとが来たら、いろいろとやらせなくちゃいけないんだから」

裕美には、義理の娘の身代わりを務めるよう命令し、淫らな奉仕をさせるというのが莉子の計画なのだ。ペニスを手で愛撫させ、フェラチオもさせようと、彼女は面白がっていた。

そして、そこまで娘の身代わりがつとまるのなら、母親として認めるというのである。

悪趣味なことこの上ないが、今さらやめられない。陽一郎は気が重かったが、一方で嗜虐《しぎゃく》的な欲求も頭をもたげていた。

（裕美さん、本当にそんなことができるんだろうか）

黒縁眼鏡をかけた、生真面目な美貌が脳裏に浮かぶ。夫婦の営みも正常位しかしなさそうな彼女が、いくら義理の娘を助けるためとは言え、そこまでからだを張れるものなのか。

ただ、自らを犠牲にした姿に、莉子は胸打たれるはずである。

（ここは裕美さんの、いや、ふたりのためにも、心を鬼にするべきなんだ）

自らに言い聞かせ、迷いを吹っ切るように若尻を責めまくる。

「イヤイヤイヤ、い——イクイク、イッちゃぁぅううーッ！」

アクメ声を張りあげて、二十二歳のＯＬが愉悦の極みへと舞いあがる。引き込まれて、陽一郎は危うく爆発しそうになったものの、歯を喰い縛ってどうにか堪えた。

「は——くはッ、はあ……」

喘ぎの固まりを吐き出し、半裸のボディを波打たせた莉子が、間もなく脱力する。ずるずるとからだをのばしたことで、硬いままのイチモツが蜜穴から抜けた。

ぺちん——。

勢いよく反り返り、下腹を叩く。くびれを中心に白い粘液が付着しており、そこから淫靡《いんび》な匂いがたち昇ってきた。

（これを裕美さんにしゃぶらせるのか——）

その場面を想像し、胸をザワめかせる陽一郎であった。

第四章　義母と娘の戯《たわむ》れ

1

ピンポンピンポーン――。

呼び出し音が鳴り、陽一郎はドキッとした。

「……来たみたいね」

ぐったりしていた莉子が薄目を開ける。仰向けになり、顎をしゃくった。

「そこのモニターを確認して」

ベッドの足元側の壁に、インターホンの液晶モニターがあるのだ。マンションの玄関で部屋番号を押すと、来訪者が映るようになっている。画面がわりと大きいため、顔もはっきりとわかる。

「裕美さんだよ」

社長秘書を務める女性であることを確認し、莉子に報告する。かなり切羽詰まった表情であることは伝えなかった。言っても何とも思わないであろうから。

「ひとり？」

「うん」

「周りに誰もいないわね？」

「間違いなくひとりだよ」

「じゃあ、解錠して」

来訪者と話す受話器の横にボタンがあり、それを押すと玄関の自動ドアが開くようになっている。

「他の人間が入ってこないか、ちゃんと見ててよ」

「わかった」

ドアが開くと、裕美が急ぎ足で中に入る。あとに続く者はいなかった。

「じゃあ、そこのタオルで、あたしに猿ぐつわをして」

莉子が用意してあったフェイスタオルを、陽一郎は手にした。

「あ、それから、あなたは裸になって、パンツ一丁であのひとと対応してちょうだい」

「ええっ!?」

目出し帽を被って、あとはブリーフだけだなんて、完全に変態の格好ではないか。

「そのほうが、あのひとも怖じ気づくでしょ。こんなヤバいやつにあたしが捕まっているのかって」

確かに、別の意味でヤバいやつだと思われるだろう。とにかく、今は莉子に従うしかない。

陽一郎は彼女に猿ぐつわをすると、上半身のものを脱いで全裸になった。それから、床に落としたブリーフのみを拾いあげて穿く。脱いだ服は、クローゼットの中に投げ込んだ。

そして、目出し帽を被ったところで、ドアチャイムが鳴った。

《行きなさい》

莉子が目で指示を出す。やれやれと思いつつ、陽一郎は部屋を出て戸口へ向かった。途中、壁にはめ込まれた姿見が廊下にあり、そこに映った自分の姿を目にするなり死にたくなる。

(おれ、完全に犯罪の片棒を担がされているみたいだぞ)

しかし、今さら中止にはできない。

ロックを外してドアを開けると、そこに黒縁眼鏡で引っ詰め髪、黒いスーツ姿という秘書スタイルの女性——裕美がいた。陽一郎を目にするなり、怯えをあらわに一歩後ずさる。無理もない。

「入れ」

低い声で命じると、彼女は悲愴な面持ちの中にも決意を固め、ドアの内側に足を進めた。

（うう、気の毒だなあ）

罪悪感に胸を締めつけられつつも、陽一郎は先導して義母秘書を奥へ招いた。

「り、莉子さんっ！」

ベッドの上で、ボロボロの姿で転がされている義理の娘を目にするなり、裕美は急いで駆け寄ろうとした。

「待て！」

陽一郎が呼び止めると、彼女が瞬時に身を強ばらせる。やはり見た目のヤバさから、逆らえないと思い込んでいるようだ。

「その女に近づくな。まだ仕置きは済んでいない」

「済んでいないって……ここまで酷《ひど》い目に遭わせておいて、これ以上何をするっていうんですか」

裕美が涙目でなじる。それはそうだろう。送りつけられた動画そのままに、莉子は下半身まる出しで、ブラウスも前が全開だ。さらに上半身を縛られ、猿ぐつわまで噛ませられているのだから。

乱れた髪と、涙で濡れた頬も憐憫《れんびん》を誘うに違いない。もっとも、すべてはレイプの演技と、単なる快楽目的の性行為によって生じた結果なのであるが。

ついさっき、義理の娘が男に貫かれてヒィヒィよがっていたと知ったら、裕美はどんな顔をするだろうか。ともあれ、こういうことになった偽りの事情を、義母に伝えねばならない。

「いいか。この女はおれたちの組の金に手をつけやがったんだ。しかも二千万だぞ、二千万。その後始末に、何人の組員が指を詰めたかわかってるのか!?」

見た目だけでなく、所属もヤバいところだとわかって、裕美がガタガタ震え出す。金額の大きさからも、まずい状況だと悟ったようだ。

もっとも、冷静に考えれば、普通のＯＬが組の金に手をつけるなんてあり得ないのだ。優秀な秘書のはずなのに、あまりの事態にテンパって、冷静な判断力を失っているらしい。

というより、こんな設定を考えた莉子も莉子である。安っぽいVシネマの見すぎではなかろうか。

「……あの、お金は弁償しますから」

泣きそうに声を震わせる裕美に、陽一郎は舌打ちをした。

「今さら遅いんだよ。ていうか、金はこいつのからだできっちり払ってもらう手筈になってるんだ。今は出荷前の味見を兼ねて、手前のやったことを反省してもらってるんだよ」

「出荷って――じ、人身売買じゃないですか」

「フン。こんなクソ生意気なヤリマン女、買ってもらえるだけでも有り難いと思わなくっちゃな」

陽一郎が口にしてきた台詞《せりふ》は、ほとんど莉子が指示したものである。だが、〝クソ生意気〟と〝ヤリマン〟は、彼のアドリブであった。

そのため、莉子がもの凄い形相で睨んできた。

(そんな顔するなよ。言葉の綾《あや》なんだから)

胸の内で弁解し、咳払いをする。

「お願いです。どうか……どうかこの子を助けてあげてください。わたしにできることがあったら、何でもしますから」

その言葉を待っていたと、陽一郎は前のめりになった。

「そうか、何でもか」

クックックッと下卑た笑みをこぼすと、裕美が悔しげに下唇を嚙む。敵の術中に嵌《は》まったのだと悟ったらしい。

「実は、おれはこういう小便くさい小娘なんかより、あんたぐらいの熟れた女が好みなんだよ。だいたい、こいつは若いだけで、マンコの具合もよくねえから」

またもアドリブを挿入してディスるなり、莉子が地獄のような顔を向けてきた。

(これが終わったら、おれ、この子に殺されるかも)

とは言え、陽一郎はいつしか演技を愉しんでいたようである。

「じゃあ、さっそくやってもらおうか」

背すじがゾクゾクするのを覚えつつ、ブリーフを一気に脱ぎおろす。

「イヤッ!」

悲鳴をあげた裕美が、顔を背けて後ずさりをした。

「こっちを見ろっ!」

怒鳴りつけると、肩をビクッと震わせる。涙の滲んだ目で、恨みがましく陽一郎を睨んできた。

途端に、目の奥がツーンとなるほどの昂《たか》ぶりを覚える。嗜虐的な衝動も、胸底《きょうてい》からフツフツと湧いてきた。

（やっぱりおれ、サドの気があるのかも）

開発部の若妻、千帆を御奉仕課のオフィスで辱めたときにも思ったし、さっきも縛られた莉子をバックスタイルで責めながら、かなり気が昂ぶったのだ。

そして今も、怯える新妻秘書を前にして、ああしてやろう、こうしてやろうと様々な欲求が胸に渦巻いている。若いＯＬとの行為に濡れたままのペニスも、がっちり根を張って怒張していた。

それを、裕美は視界に捉えているはずだ。

「まずはしゃぶってもらおうか」

悪辣な笑みをこぼして要求すると、彼女の顔から血の気が引く。どこをしゃぶれなんて、いちいち説明する必要はなさそうだ。

「ど、どうしてわたしがそんなことを……」

悲愴感をあらわにされ、陽一郎は胸を歓喜に震わせた。自然と声が大きくなる。

「何でもするって言ったじゃねえか！」

「ひっ」

恐怖で目を見開いた裕美が、とうとう涙の雫《しずく》をこぼした。肩を震わせ、負けまいと懸命に勇気を振り絞っているようである。

「……それをすれば、莉子さんを解放してくださるんですね？」

「まあ、可能性はあるかな」

確約ではないと知り、彼女は悔しさをあらわにした。けれど、他に方法がないこともわかっているのだ。

「わかりました」

三十路の新妻が前に進む。義理の娘のために操を投げだそうとしている姿に、さすがに憐憫を覚える。

けれど、欲望のほうが勝っていた。

陽一郎の前に、裕美が膝をつく。目の高さになった牡の漲りから、一瞬目を逸らしたものの、気丈にも顔を正面に向けた。

「で、では……」

恐る恐るのばされた右手が、天井を向いて反り返る筒肉に巻きつく。

「ううう」

快さが皮膚から染み込むようで、陽一郎は胸を反らせて喘いだ。

(なんて気持ちいいんだ)

手指の柔らかさや、握り具合もたまらないが、やはりシチュエーションに昂奮させられている部分が大きい。背徳感が悦びをぐんぐん押しあげるのだ。

「おい、チンポの匂いを嗅いでみろ」

命令に、裕美は顔を歪めながらも、ベタついた屹立に鼻を寄せた。漂うものを嗅いで、眉間に深いシワを刻む。

「さっきマンコに突っ込んで、洗ってねえからくさいだろう。だけど、娘のマン臭だから平気だよな」

「……ひどいひと」

「うるせえ。いいからしゃぶれ。娘のマン汁をじっくり味わえ」

そこまで言われても、彼女は逃げなかった。意を決したふうに表情を引き締め、生真面目な美貌を無骨な肉器官に接近させる。

(ああ、いよいよ)

反り返るものを、新妻は自分のほうへ傾けた。ルージュを塗った半開きの唇が、同

じ色の亀頭にいよいよ密着しようとしたとき、

「やめてッ！」

空気を切り裂くような声が響き、陽一郎は仰天した。見ると、ベッドの上で膝立ちになった莉子が、泣きそうに顔を歪めている。猿ぐつわも、上半身を縛っていた紐も解いて。

もともとキツく縛ったわけではないし、バスローブの柔らかい紐だ、自力で解くのは難しくあるまい。

だとしても、まだこれからというところで、どうしてシナリオを中断させたのか。

「いいのよ、莉子さん。わたしが助けてあげるから」

まだ事態を呑み込めていない裕美が、手にした男根に口をつけようとする。すると、莉子がベッドから飛びおり、陽一郎の胸をどんと突いた。

「うわっ」

不意を衝かれ、陽一郎は真後ろにひっくり返った。

「え、莉子さん？」

混乱した面持ちの義母に、莉子が抱きつく。

「ごめんなさいっ。あたしがいけないの」

泣きじゃくる義理の娘の背中を、裕美は戸惑いながらも撫でた。

2

お芝居だと言われても、なかなかピンとこなかったらしい裕美であったが、陽一郎が目出し帽を取ったことで納得する。

「まあ、あなたは」

社長室を訪れた若い社員を、ちゃんと憶えていたようだ。

「あの、すみません。実は、社長から頼まれまして――」

裕美が悩んでいるようだから助けてほしいと依頼されたことから始まる一連の流れを、順を追って説明する。この部屋に来てからのことは、莉子が引き継いで話した。

「……それで、裕美さんがあたしのためにどこまでできるのか、試そうとして――」

小さくしゃくり上げる彼女は、心から反省している様子である。だから予定よりも早く中止にしたのかと、陽一郎は考えた。始める前は、裕美を凌辱するところまで企んでいたのだ。

ところが、莉子が横目でこちらを見て、憎々しげに睨みつけてきたものだからギョッとする。

(あ、ひょっとして、おれなんかに愉しませてなるものかと思ったのか?)

裕美を脅迫する中で、莉子のことを生意気だのヤリマンだの、果てはアソコがくさいなどと悪口を並べたのである。あれで気分を害して、フェラチオ寸前でストップさせるという嫌がらせに出たのか。

自分本位な彼女のことだ。やりかねないなと、陽一郎はひとりうなずいた。

まあ、結果的に酷いことをしないで済んだのだ。むしろよかったと言えよう。

(ていうか、それよりも服を着させてくれないかなあ)

陽一郎はブリーフ一丁というみっともない格好で、莉子と並んでベッドに正座していたのだ。

「そういうことだったのね……」

向かいに正座した裕美が、静かな声でつぶやく。若いふたりを交互に眺めた。

「たしかにわたしは、莉子さんのことで悩んでいました。そのことで社長が心配してくださったのは、有り難い反面、とても心苦しいです。仕えている方に余計な気を回させるのは、秘書として未熟である証拠ですから」

彼女は陽一郎に顔を向けると、軽く会釈をした。

「さらに、この件では榊さんにもご迷惑をおかけしまして、申し訳ありませんでした」

「ああ、いえ、そんな」

陽一郎は恐縮してペコペコと頭に下げた。ブリーフ一丁で脅したことを考えると、お礼を言われる筋合いなんてないのだ。

「それから、莉子さんがこんなことまで計画したのは、わたしが母親として認めてもらえないからで、つまり、わたしが至らないせいだわ。そのことも、謝らなくちゃいけないわね」

「違う。そうじゃないわ」

莉子が力なくかぶりを振る。

「わたしの我儘《わがまま》なの。あとから家に来た裕美さんに反発して……もう、大人なのに、子供みたいに駄々をこねていただけなの」

そう言って肩を落とし、「ごめんなさい……」と謝る。やけにしおらしく、素直なものだから、陽一郎は戸惑った。

(なんか、さっきとは別人みたいだな)

もしかしたら、本当に反発心から駄々をこねていただけで、根はそんなに悪い子じゃないのだろうか。計画を途中で中止したのも、裕美にそんな恥辱を与えていいのかと、良心が咎めたせいだとか。

「たしかに、わたしは莉子さんの本当の母親じゃないし、それこそ、あとから郷田家に入り込んだわけだから、反発があるのは当然だわ」

裕美が眼鏡をはずし、レンズをハンカチで拭く。こぼした涙がついていたようだ。

ところが、それを掛け直すなり、表情がキリッと引き締まる。背すじもしゃんとのばし、会社で目にした秘書の面差しになった。

その毅然とした雰囲気に呑まれ、陽一郎も、それから莉子も居住まいを正す。

「だからって、今回のことはやりすぎです」

ぴしゃりと言われ、莉子はしゅんとなった。案外、厳しく叱られるのには弱いのかもしれない。

(年上が好きっていうのは、厳しく叱ってもらいたいっていう意識のあらわれなのかもしれないぞ)

初体験の相手が担任だったのも、あれこれ指導されるうちに頼りたくなったのだとか。そんなことを考えていたら、裕美が顔をこちらに向けた。

「あなたもですよ」

口調は静かなのに、射抜くような視線に圧倒され、陽一郎は思わず平伏した。印籠《いんろう》を突きつけられた、時代劇の悪役みたいに。

「も、申し訳ありませんでしたっ」

三十歳と五つしか違わないのに、やけに威厳がある。もしかしたら、叱責するときの迫力は、百合以上なのではないか。

陽一郎を無視して、裕美は莉子に訊ねた。

「ところで、この部屋はどなたのものなの？」

「あ、ええと、あたしのパパの――」

年配の男に囲われていることを打ち明けられ、義母の表情が険しくなる。

「莉子さんはもう大人だから、男女関係についてあれこれ口を出すつもりはないけれど、そういうのはとても健全とは言えないわね」

結局、口を出しているではないか。陽一郎は裕美を上目づかいで見ながら、胸の内でツッコミを入れた。

「うん……そう思います」

莉子もすっかり従順になってしまった。

「その方との関係は、即刻解消しなさい。わかりましたね？」

「はい……」

「だいたい、わたしを罠にかけるためだけに、あんな映像まで撮るなんて。しかも、こんなひとを相手にして」

ギロリと睨まれ、陽一郎は首を縮めた。こんな呼ばわりされたことに反論する余地などない。

「もっと自分を大切にしなさい。わかりましたね？」

「はい、ごめんなさい」

「とにかく、今回の件と、不健全な男女関係について、親として見過ごすわけにはいきません。お仕置きをします」

この宣告に、莉子が驚愕で目を見開く。

さっきまでの彼女だったら、冗談じゃないと反発するところではないか。けれど、すっかり義母の掌中で転がされていた感もあり、観念したようにうなずいた。

「はい……」

「こっちに来なさい」

おっかなびっくりというふうに膝を進めた莉子の首根っこを、裕美がいきなりむんずと摑んだ。

「キャッ」

小さな悲鳴があがったのもかまわず、義理の娘を膝の上に俯せで押さえ込む。武道の心得でもあるのかと思えるほどの、鮮やかな動きであった。

「じっとしていなさい」

裕美は早口で言い放つと、莉子の首を左手で固定したまま、ブラウスの裾をめくり上げた。パンティは毟り取られたままだったから、愛らしくもエロチックな若尻が、ぷりんと揺れてあらわになる。

（あ──）

陽一郎は思わず目を瞠《みは》った。ついさっき、バックスタイルで彼女を犯したときのことが、脳裏に蘇ったのだ。

「な、何をするの？」

怯えた声で問いかける莉子に、裕美は生真面目な面立ちをキープしたまま答えた。

「お仕置きよ。おしりを叩くの」

告げるなり、右手を高々と振り上げる。それを勢いよく打ちおろした。

パチンっ！

鋭い音が響いたのに続いて、

「痛いッ」

莉子が悲鳴をあげた。

「しっかり反省しなさい」

冷静な口振りで告げ、何度も若尻を叩く義母。義理の娘は身をよじり、泣き叫んだ。

「痛い、痛いッ、ごめんなさーいっ！」

白かったおしりが、たちまち赤く染まる。まるで全体を満遍なく着色しなければ気が済まないみたいに、裕美はなかなか打擲《ちょうちゃく》をやめなかった。二十発、いや、三十発以上もぶち続けたのではないか。

しかも、まったく表情を変えることなく。額にはうっすらと汗が浮かんでいた。

その間、陽一郎は身じろぎもできず、お仕置き——いや、折檻《せっかん》の場面を注視し続けた。

（すごい……）

痛々しい場面にもかかわらず、こんなにもドキドキするのはなぜだろう。

ぷりぷりとはずみながら赤く染まる臀部と、莉子の泣き声にそそられる。ブリーフの中で分身が硬くなっていきり立ち、先走りの露をこぼしているのもわかった。

尻を叩かれるところを見て、どうしてこんなに昂奮するのだろう。やはり自分にはサディストの嗜好があるのか。

もっとも、陽一郎は昂ぶるばかりではなかった。義理の母娘の姿に、凄絶な美も感じていたのである。

何度も手を振り上げ、打ちおろす母。痛みに泣いて身を震わせる娘。数多《あまた》ある母子像を凌駕する、身震いしたくなるほどに美しい光景であった。

尻を叩く音がやむ。喧騒の消えた室内に、莉子のすすり泣きだけが静かに流れた。

「こんなに赤くなって……」

朱に染まり、わずかに腫れた感すらある若いヒップを、裕美がそっと撫でる。ピクッと、莉子の肩が震えた。

「わかったわね。もっと自分を大切にしなくちゃ駄目よ」

腫れるまで尻を叩いてから言う台詞ではないと思ったけれど、陽一郎は黙っていた。

「はい……ごめんなさい」

「いい子ね」

心を通い合わせた母と娘の姿に、果たして素直に感動していいのだろうか。

(ていうか、おれって完全に邪魔者だよな)

すっかり立ち位置を見失い、陽一郎はどうすればいいのかわからなかった。所在なく肩をすぼめ、目の前のふたりを見守る。

「さ、起きなさい」

「……うん」

裕美に支えられ、莉子はのろのろとからだを起こした。ベッドに脚を流して坐ったものの、まだ痛むのか尻をモジモジさせる。

「さてと」

居住まいを正した裕美が、こちらを真っ直ぐに見る。陽一郎も慌てて背すじを伸ばした。

「榊さんは、社長命令で行動されたようですけど、明らかに方法を間違えられましたよね？」

「はあ……」

「もちろん、妙な企みをした莉子さんが悪いんですけど、榊さんは、莉子さんよりも年長ですよね？」

「ええ、まあ」

「でしたら、年下の誤った考えを正す義務があるんじゃないですか？」

真っ当なことを言われ、何も言い返すことができない。

「はい。おっしゃるとおりです」

　素直に認め、頭を下げる。

「間違っていたと認めるんですね？」

「はい」

「では、榊さんにもお仕置きをします」

　これに、陽一郎は愕然とした。

（じゃあ、おれも尻を叩かれるのか？）

　たった今、激しい折檻の場面を目にしたばかりなのである。あれをされるのかと思うと、恐怖でからだがすくんだ。

「あの、榊さんはあたしが巻き込んだんだから」

　横から莉子が助け船を出してくれる。しかし、裕美はそんなことで懐柔されなかった。それどころか、

「だったら、莉子さんもいっしょにってことでいいわね？」

　助け船をあっ気なく難破させてしまう。

「あ、あたしは――」

　うろたえる娘に、義母がニッコリと笑った。

「莉子さんもわたしといっしょに、榊さんをお仕置きするのよ」

「え？」

きょとんとする莉子以上に、陽一郎は困惑していた。

3

(――て、どうしてこういうことになるんだよ!?)

陽一郎は情けなく顔を歪めた。それはそうだろう。ブリーフを脱ぐよう命じられ、素っ裸にさせられたのだから。

おまけに、両手首を前で括《くく》られ、文字通り手出しができなくなる。そんな格好でベッドに仰向けにさせられては、明らかに俎《まないた》の鯉《こい》だ。

ただ、ひとつだけ安心したのは、少なくともおしりを叩こうとしているわけではないということだ。

(だからって、まさかチンポを切るわけじゃないよな?)

猟奇的な想像が浮かんだため、そこがますます縮こまる。さっき、スパンキングで昂ぶって、猛々しく膨張していたというのに。

まあ、そんなところを見られた日には、反省していないのかとますます酷い目に遭わされるであろう。そう思ったのであるが、

「あら、どうして小さくなったのかしら？」

腰の脇に膝をついた裕美が、牡の股間を覗き込んで言う。陽一郎の頬は熱く火照《ほて》った。

「何をするの？」

素っ裸の男を真ん中にして、義母と向かい合っている莉子が、不安げに訊ねる。彼女はボタンの取れたブラウスを脱いで、今はブラジャーのみのほぼヌードになっていた。すべて脱げばいいようなものの、どうあっても乳房だけは見せたくないらしい。

「お仕置きよ。言ったでしょ？」

裕美がさらりと述べる。

さっきまでよりも、表情が妙に明るい気がするのは、気のせいだろうか。いっそ、この状況を愉しんでいるふうだ。

「お仕置き……」

首をかしげた娘に、裕美が説明する。

「男のひとは、たしかに女性よりも痛みに弱いわ。だけど、実は痛みを与えてもお仕

置きにはならないの。そんなことじゃ反省しない生き物だから」

「そうなの？」

「男のひとって、自分のからだの傷を自慢したがるじゃない。それから入れ墨だって、あれはここまで痛いのを我慢したんだって勲章《くんしょう》でもあるの。つまり、痛みは名誉であって、反省の道具にはならないのよ」

理路整然と論ずるものだから、陽一郎はなるほどと思ってしまった。自分が何をされるのかを考えもせずに。

「だったら、どうするの？」

「男のひとには、痛い目よりも恥ずかしい目に遭わせたほうが効果があるのよ」

告げるなり、裕美が縮こまっていたペニスを摑む。

「あうう」

陽一郎は呻き、裸身を波打たせた。

驚きと焦りが大きく、正直快さを感じる余裕などなかった。ところが、しなやかな指でモミモミと刺激されることにより、今度はムズムズする悦びに身をくねらせることになる。

「や、やめ――」

喘いで縋《すが》る眼差しを向けても、人妻秘書は平然と手を動かし続ける。海綿体が欲望の血潮を集め、秘茎がムクムクとふくらみだすと、頬がわずかに緩んだ。

向かいの莉子は、引いたみたいにのけ反り、目を丸くしている。それでも義母の手筒から、肉色の屹立がにょっきりはみ出すと、コクッとナマ唾を呑んだ。

(ああ、そんな……)

ふたりの女性、しかも義理とは言え、母と娘の前で勃起したことに、陽一郎は屈辱を噛み締めた。頬が熱いのは、恥ずかしいし居たたまれないからだ。

「もうこんなに硬くなったわ」

筋張った胴に巻きつけた指に、軽やかに強弱をつける裕美。さっきのように脅迫されているわけではないのに、夫ではない男のモノを握ることに、抵抗感は微塵もなさそうだ。

生真面目なひとだと思っていたが、そういうわけではないのか。それとも、これはお仕置きだからと割り切り、少しも躊躇しないのだろうか。

「あん、アタマがこんなに腫れちゃってる」

紅潮した亀頭に、莉子が濡れた眼差しを注ぐ。これで貫かれて絶頂したことを思い出したか、裸の腰がなまめかしく左右に揺れた。

「ところで、さっき莉子さんが止めなかったら、これをわたしにおしゃぶりさせるつもりだったの？」

裕美に見おろされ、陽一郎はどう答えていいものか迷った。文字通りの上から目線に、気持ちはペニスと違って完全に萎縮していたのである。

「ちゃんと答えなさい」

命令と同時に、握りを強められる。そのまま引っこ抜かれそうな気がしたものだから、観念するしかなかった。

「はい。そのつもりでした」

「つまり、わたしにおしゃぶりをされたかったのね？」

「あ、ええと……はい」

シナリオ通りの行動だったものの、あのとき彼女のフェラチオを待ち望んだのは確かである。嘘をついてもすぐにバレそうだったから、正直に答えた。

「その気持ちは、今も変わらないの？」

「え？　いや、あの……」

「どうなの!?」

「しゃ、しゃぶられたいです」

反射的に答えてから、しまったと後悔する。全然反省していないのねと、咎められると思ったのだ。

しかし、その予想は覆された。

「わかったわ」

裕美がためらいもなく顔を伏せる。ピンとそそり立った肉根の真上に。

(え!?)

驚いて、腰をよじろうとしたものの、間に合わなかった。ふくらみきった頭部が、綺麗な唇のあいだに吸い込まれる。

「あああ、あ、ううう」

チュパッと軽やかな舌鼓を打たれ、電撃にも似た快美が脊柱《せきちゅう》を貫く。陽一郎はシーツの上で尻をくねらせた。

「ちょ、ちょっと、郷田さん――」

呼びかけも、舌をピチャピチャと躍らされることで尻すぼみになる。両手を縛られているから抵抗もままならず、頭を左右に振って呻くことしかできなかった。

(裕美さんが、おれのチンポを――)

いきなりのフェラチオに、混乱と快感が螺旋《らせん》状に上昇する。そのうち、快感がすべてを支配した。

「ん……ンふ」

鼻息をこぼしながら、三十路妻が熱心に奉仕する。夫のものもこんなふうに愛《いと》おしんでいるのかと、蕩《とろ》ける愉悦にまみれて思いつつ、陽一郎にはもうひとつ気になることがあった。

（そこ、汚れてるのに……）

莉子と交わったあと、そのままなのだ。愛液やカウパー腺液がまといついて、かなりベタついていたはずである。

そこに裕美は、丹念に舌を這わせているのだ。付着しているものを、こそげ落とすかのように。

（おれが娘のマン汁を味わえって言ったこと、本気にしたわけじゃないよな）

いや、芝居はもう終わっている。今さら蒸し返す理由もない。

そして、肉茎全体に清涼な唾液がまぶされたところで、ようやく裕美が顔を上げる。

「ふう」

ひと息つき、手の甲で口許を拭う。けれど、それは終わりではなく、新たな施しの始まりであった。

「脚を開きなさい」

眼鏡のレンズをキラリと光らせて、裕美が命じる。抗うすべもなく、陽一郎はのろのろと膝を離した。

「莉子さん、榊さんの脚のあいだに坐って」

「あ、うん」

素直に従った娘が、義母の唾液に濡れた強ばりを見おろす。悩ましげに眉をひそめたのは、自分もしゃぶりたくなったからなのか。

だが、裕美はそんなことをさせなかった。

「莉子さんは、このひとの陰嚢——キンタマをすりすりしてあげて」

真面目な顔で、品のない単語を口にする。

「え、キンタマを？」

「わたしは引き続き、フェラチオをしますから」

もはや怖いものなしなのか。裕美は行動も言葉遣いも大胆になっていた。かくして、母と娘による奉仕が開始される。

「ああ、あ、そ、そんなにしたら」

陽一郎は喘ぎ、身をくねらせた。

裕美は頭を上下させ、猛るものをすぼめた唇でこする。もちろん、ねぶることも忘れない。時おり赤みの強い舌が、口許からはみ出した。

そんな義母に刺激されたのか、莉子も熱心に指を使う。睾丸《こうがん》の入ったフクロを持ち上げ、シワを一本一本辿《たど》るように撫でた。

それにより、口淫奉仕の快感が爆発的に高まる。

(どんなひとなんだよ、裕美さんって?)

背徳感の強い悦びに身悶えつつも、陽一郎は考えずにいられなかった。

陰嚢への愛撫を命じたのは彼女である。つまり、そこを刺激すると快いと知っていたのだ。

三十路の人妻ゆえ、そのぐらいの知識があってもおかしくないが、初対面から真面目で堅物という印象が強かった。そんなひとがここまで知っているなんて、とても信じられない。

しかも、義理の娘に実践させるなんて。

「すごい……キンタマがパンパン。精子がいっぱい溜まってそうだね」

最初は引いていたはずの莉子も、今や嬉々として淫らな奉仕に励む。意識してなのか、蟻《あり》の門渡《とわた》りまでコチョコチョとくすぐった。

「くううう、だ、駄目」

激情のエキスが屹立の根元で沸騰し、早く出たいとばかりに暴れ回る。頭がボーッとして、忍耐も風前の灯火であった。

間もなく、その瞬間が訪れる。

「あああ、駄目です。いく――」

終末へのカウントダウンが始まり、呼吸をハッハッと荒ぶらせる。そして、カウントスリーとなったところで、裕美がいきなり顔を上げた。

（え？）

おまけに、射出を押し止めようとしてか、勃起の根元を強く握ったのだ。

最大限に膨張したペニスが、不満をあらわにしゃくり上げる。怒りの青筋を肉胴に浮かせ、頭部を真っ赤に腫らした。

「ど、どうして？」

思わず口から出た疑問に、裕美が目を細めて答える。

「そう簡単にイカせてもらえると思った？」

「え？」

「言ったでしょう、お仕置きだって」

ニヤッと不敵な笑みを浮かべた人妻に、陽一郎は背すじが震えた。

確かに彼女は、痛みではなく辱めを与えると言ったのだ。つまり、射精したいのを徹底して焦らせる方法をチョイスしたらしい。

おそらく、若い牡が泣いてせがむのを期待して。

(くそ。そんな簡単にオチてたまるか)

陽一郎は裕美を睨みつけた。負けるものかと、目で訴える。

すると、彼女が感心したようにうなずいた。

「けっこう根性がありそうね。だけど、いつまで持つかしら」

屹立に絡んだ指がリズミカルに上下する。高い位置にあった性感曲線が上向いて、陽一郎はたまらず「あ、あっ」と声を上げた。

しかし、またも寸前で根元を握られる。粘りを強めた先走り液が、鈴口から多量に滴《したた》った。

(うう、気持ちいいのに地獄だよ)

その後も寸止めを繰り返され、陽一郎は頭がおかしくなりそうだった。

莉子も裕美の意図をくんで、爆発しないよう玉袋を刺激し続ける。母と娘のタッグは、見事なチームプレーを見せた。

（もうすっかり仲良くなった感じだな）

ふたりが楽しげな微笑を交わすところからも、それは明らかだ。

これで裕美の悩みは解消されたはずであり、御奉仕課としての任務は全うされたと言えるだろう。けれど、そのあとにこんな責め苦が待ち受けていたなんて。残業手当をはずんでもらわないことには、割に合わない。

もっとも、仮にこの件を百合に報告したところで、気持ちよかったからいいでしょうと、取り合ってもらえないだろうが。

「お、お願いです。もうイカせてください」

快い責め苦に陽一郎はとうとう折れた。屈辱にまみれてお願いを口にする。

途端に、目尻から涙がこぼれた。情けなくてしょうがなかったのだ。

「あら、もう降参するの？」

裕美が残念そうに首をかしげる。もっと苛《いじ》めたかったらしい。右手の指はカウパー腺液でヌルヌルになっているというのに。

「降参です。許してください」

「じゃあ、自分が間違っていたことを認めるのね？」

「認めます。莉子さんに、郷田さんが母親であると認めてもらいたかったのですが、方法が誤っていました。郷田さんにもご心配とご迷惑をおかけしましたし、心から反省いたします」

全裸で謝るなんて、初めての経験だ。それも屈辱だったが、この際仕方がない。

「わかりました。とても誠意の感じられた謝罪でしたわ」

裕美が勿体《もったい》ぶった口ぶりで言う。

「では、射精させて差し上げることにしますけど、どこに出したいですか？」

「え、どこ？」

「このまま手でしごけばいいのかしら。それともお口──」

口内発射もＯＫなのかと、陽一郎は色めき立った。ところが、

「やっぱりオマンコ？」

生真面目なはずの秘書が、禁断の四文字を言い放ったものだから啞然とする。おかげで、何も答えることができなかった。

すると、彼女のほうで勝手に話を進める。

「うん。やっぱりオマンコかしらね」

裕美はペニスを解放すると、濡れた手をポケットから出したハンカチで拭った。中腰になり、タイトスカートのホックをはずす。

（え、それじゃ――）

彼女が限界までふくらみきった男根を受け入れるというのか。

タイトスカートがはらりと落ち、ベージュのパンティストッキングに包まれた下半身があらわになる。人妻の色気が匂い立つほどエロチックで、実際、甘酸っぱい香りがふわっと漂った。

（嘘だろ……）

パンストと、エレガントな紫色のパンティを、裕美が躊躇なく脱ぎおろす。陽一郎は仰向けのまま茫然と眺めた。

4

「お、お母さん、いいの？」

さすがに冷静でいられなくなったか、莉子が焦って声をかける。そのあとで、「あっ」と小さな声を洩らした。初めて〝お母さん〟と呼んだことに気がついたのだ。

肉づきのいい腰回りと、女らしい美脚をあらわにしていた裕美も、驚いたように目を瞠る。続いて、嬉しそうに口許をほころばせた。

「ありがとう、莉子ちゃん」

彼女も親しみを込めて娘を呼ぶ。莉子は照れくさそうに目を伏せたものの、そんな場合ではないとすぐに気がついた。

「あの、そんなことより、本当にいいの?」

「何が?」

「何がって、本当にこのひととエッチするの?」

夫を裏切っていいのかと、戸惑う眼差しが責めている。

「んー、だけど、出させてあげないと可哀想だし」

「だからって……」

「それに、わたしもいやらしい気持ちになってるの。だって、硬いオチンチンを、ずっとおしゃぶりしてたんだもの」

あからさまな告白に、莉子のほうが居たたまれないふうだった。

「だから、このことはお父さんには内緒ね」

「え?」

「わたしも莉子ちゃんがしてきたことは、絶対に言わないから」

つまり、秘密を共有するということか。いや、この場合、共犯になると言ったほうが正しいかもしれない。

するど、義理の娘はなるほどという顔をし、白い歯をこぼした。

「うん、わかった」

たやすく納得したようである。

(だけど、いいのか？)

陽一郎にはもうひとつ懸念することがあった。莉子とも交わっているのに裕美ともしたら、ふたりはサオ姉妹になってしまう。

(親子なのに姉妹って……)

くだらないことを気にしていると、裕美が逆向きで顔を跨いできた。

「おおお」

思わず声を上げる。丸まるとした熟れ尻が、目の前に迫ってきたからだ。

白い肌には、パンティの縫い目跡が赤く残っている。丸みの下側がわずかにくすんでいるのは、入社以来デスクワークが主だったたからだろうか。

しかし、観察できたのはそこまでであった。

「ンぷっ」

柔らかなお肉が顔の上でひしゃげ、口許が湿ったもので塞がれる。反射的に抗った

陽一郎であったが、

(ああ、すごい……)

酸味の強い秘臭が、鼻腔に容赦なくなだれ込んだ。

汗とアンモニアに加え、クセの強いチーズ臭も感じられる。生真面目な秘書の風貌を思い出すと、ギャップを感じずにいられない生々しさだ。

ただ、さっき嗅いだ莉子の匂いに、どこか似ている気がした。血の繋がりのない親子なのに。

まあ、ひとつ屋根の下で暮らし、同じものを食べていれば、いろいろなものが似るのかもしれない。

「さあ、舐めなさい」

裕美はまたも命令口調になり、ぐいぐいと尻の重みをかけてくる。そんなにしたらやりにくいと胸の内でなじりながら、すでに蜜を溜めていた恥割れに、陽一郎は舌を差し入れた。

「くぅうーン」

愛らしい呻き声が聞こえ、蜜芯がキュッとすぼまる。顔に載った尻肉が、ワナワナと震えた。

（真面目な顔して、けっこう感じやすいんだな）

百合も自分の秘書にこんな側面があることは、さすがに知らないだろう。まあ、教えるつもりはないけれど。

恥割れ内部をほじるように舌を動かすと、「あっ、あ——」と焦った声がする。膣に舌を差し込んで出し挿《い》れすると、裕美は「イヤイヤ」と切なげによがった。

多彩な反応に劣情を煽られる陽一郎は、分身を雄々しく脈打たせた。人妻の指ははずされたものの、義理の娘が相変わらず陰嚢を弄《もてあそ》んでいたのだ。

それは快くもくすぐったさが強く、直ちに昇りつめる心配はなかった。そのため、好きにさせればいいという心持ちでいたのだが、不意に異質の感覚が生じる。

「むふッ」

人妻の恥芯に、熱い鼻息をふきかけてしまう。

莉子は陰嚢を揉み、さすっていたものの、時に会陰部まで指を這わせることがあった。それがとうとう肛門にまで至ったのである。しかも、あらかじめ唾液で濡らしたのか、すぼまりをヌルヌルとこすった。

あるいは、バックスタイルで抽送されながら、アヌスも悪戯されたことへの仕返しなのか。それとも、男もそこが性感帯なのかと、好奇心に駆られただけなのか。

「むううう」

陽一郎は呻き、下半身をくねらせた。むず痒くも悪くない快さに戸惑いながら。

(そんな、どうして――)

尻の穴で感じている自分が、とても信じられない。男色の趣味はないはずなのに。

初体験のソープランドでも、肛穴を舐めるサービスがあった。そのときは抵抗感と申し訳なさが強く、早くやめてほしくて何度も括約筋を引き締めた。

なのに、今はもっとしてほしいとさえ思っている。

陽一郎の様子がおかしいことに、裕美も気がついたらしい。

「え、どうしたの?」

義理の娘に訊ねる。

「あのね、おしりの穴を指でこすったら、感じてるみたいなの」

「それはそうよ。敏感なところだもの」

どうやら、気持ちよくても特殊ではないらしい。仕事のできる秘書の発言だけに、信憑性《しんぴょう》があった。

「じゃあ、指を挿れたらもっと感じるの?」

「それはやめておきなさい。バッチイから」

母親らしい忠告に、莉子は「はーい」と返事をした。

「そろそろいいわね」

裕美が尻を浮かせ、視界が開ける。女芯に密着していた口許が、外気に触れてひんやりした。

彼女はそのまま前に進み、そそり立つ秘茎の真上にヒップの位置を定めた。

（ああ、いよいよ）

陽一郎は期待で胸を震わせた。

上半身のみ着衣の裕美は、剥き身のヒップが殊《こと》のほかエロチックに映る。肉色を際立たせるペニスとのコントラストも卑猥で、逆手で握られたそれを雄々しく脈打たせてしまった。

「まあ、元気ね。そんなにわたしのオマンコに挿れたいのかしら」

顔を後ろに向け、人妻が艶っぽい笑みを浮かべる。そのとき、陽一郎はふと思った。

（もしかしたら、本当はこういうくだけた性格なのに、普段は真面目な振る舞いで抑え込んでいるのかもしれないぞ）

今は本性を解放しているのではないか。かなりくだけすぎのような気もするが。

屹立の尖端が、濡れ割れにこすりつけられる。粘膜に蜜がまぶされ、挿入の準備が整った。

「それじゃ、オチンチンを借りるわよ」

はずんだ口振りで言い、裕美が上体を真っ直ぐに下げる。入口部分で柔らかな抵抗を受けたものの、そこを乗り越えるとあとはスムーズであった。

「う、あ——ううう」

ペニスを柔ヒダでヌルヌルとこすられ、快感に目がくらむ。縛られた両手を、祈禱《きとう》でもするみたいにぶんぶんと振ってしまった。

「ああん」

受け入れた彼女もからだを反らし、色っぽく喘ぐ。下腹の上でたっぷりした尻肉がギュッとすぼまり、内部が強く締まった。

「やん、ホントに入っちゃった」

莉子の声が聞こえる。まだ陽一郎の脚のあいだにいるようだ。もしかしたら、牡を呑み込んだ義母の秘苑を覗き込んでいるのか。

セックスなど、さんざんやってきただろうにと思ったが、他人がしているところを見る機会などまずあるまい。生々しい光景を目の当たりにして、昂ぶっているのではないか。

だが、そんなことに思いを馳せている場合ではなかった。

(あ、まずい)

陽一郎は焦った。挿れただけで、早くも昇りつめそうになったのだ。

さっき、射精寸前で何度もストップされ、ペニスはかなり敏感になっていた。おまけに、クンニリングスをするあいだも、莉子が嚢袋を愛撫し続けていたから、性感曲線はずっと高いところにあったのだ。

そんな状態で熟れ妻と交わって、長く持たせられるはずがない。

「だ、駄目です。出ます」

息をはずませて告げると、裕美が顔をチラッと後ろに向ける。しかし、何も言わずに、たわわなヒップを上下に振り立てた。

「あ、ああっ、やめてください。ホントにイッちゃいます」

情けない要請も無視される。それどころか、早く出せとばかりに蜜穴が締めつけてきたのだ。

彼女のほうは、中に出されてもかまわないと思っているらしい。だが、男としては、こんなに早く達するのはプライドが許さない。爪先を握り込み、募る射精欲求と懸命に闘う。ところが。

タンタンタン……。

はずむ臀部が下腹に打ちつけられ、湿った肉音が立つ。規則正しいそれが軽い催眠状態を呼び込み、気がつけば限界を突破していた。

「うあああ、あ、いく。出る――」

目がくらみ、頭の中に靄《もや》がかかる。溜まりきったものが先を争い、肉根の中心を貫いた。

びゅるんッ――。

最初の飛沫が膣奥にぶつかる。さらにびゅるびゅると、固まりのようなザーメンが何度も尿道を通過した。

(ああ、す、すごすぎる)

体内のすべてを吸い取られるのではないかと思えるほどの、強烈な射精感。ほとばしるたびにガクッ、ガクンと体軀《たいく》が痙攣した。

すべてを出し終え、陽一郎はぐったりしてからだを伸ばした。オルガスムスの余韻が倦怠感に変わり、何もかも億劫になる。

(え？)

不意に気がつく。裕美がまだ腰を動かしていることに。

ヌチャ……ぐちゅ——。

精液の泡立つ音が、結合部からこぼれる。達したあとで過敏になっている亀頭粘膜が、柔ヒダでぬちゅぬちゅとこすられていた。

「ちょ、ちょっと、郷田さん。もう出ましたから」

息も絶え絶えに告げても、彼女は素知らぬフリで熟れ尻を上下させる。それも、さっきよりも激しく。

「くああ、ハッ——だ、駄目ですってば」

陽一郎は涙をこぼしていた。著しい気持ちよさとくすぐったさと、さらに鈍い痛みも感じて、頭がおかしくなりそうだった。

心臓が壊れそうにバクバクと高鳴る。このまま死ぬのではないかという恐怖すら覚えたところで、ようやく裕美は止まってくれた。

「ふう」

ひと息ついて振り返り、ゼイゼイと喉を鳴らす陽一郎に笑みを浮かべる。

「気持ちよかった？」

彼女自身は、さほど感じていない口振りだ。

「よすぎます。死ぬかと思いました」

「大袈裟ね。でも、そのおかげでまだ大きなままだわ」

「え？」

言われて、女膣に締めつけられる分身が、未だ力を漲らせていることに気がついた。多量に発射したのは間違いないのに、刺激を与えられ続けて萎えるヒマがなかったとみえる。

(ひょっとして、こうなることを見越して動き続けたのか？)

そして、すぐに果てるのはわかっていたから、わざと射精させたのか。そのあとに長く愉しむことを目論《もくろ》んで。

牡と繋がったまま、裕美がからだの向きを一八〇度変える。

「ううう」

ペニスをねじるようにこすられ、新たな刺激に呻いてしまう。締めつけられた分身が、さらにがっちりと根を張った。

陽一郎と対面すると、人妻秘書が眼鏡をはずす。さらに、引っ詰め髪も解いた。

ふさ――。

艶やかな黒髪が肩に落ちる。生真面目で堅物という印象が綺麗さっぱりなくなり、そこにいたのはひとりの女であった。

「さ、これからが本番よ」

やけになまめかしい微笑を浮かべられてときめく。つまり、これまでは堅苦しい身なりそのままに、単なる事務的な準備作業だったらしい。

彼女はジャケットも脱ぐと、両手を陽一郎の脇について前傾姿勢を取った。コクッと喉を鳴らしてから、ゆっくりと熟れ尻を上下させる。

ぬちゃッ。

性器の交わりが粘っこい音をこぼした。

「すごいわ……いっぱい出したのに、オチンチンがとっても硬いの」

浮かされた口調で裕美が言う。だが、それは彼女自身の手柄だ。

「郷田さん——裕美さんのオマンコが、すごく気持ちいいからですよ」

陽一郎が卑猥な返答をすると、人妻が睨んでくる。

「そんないやらしいことを言うものじゃないの」

年上らしくお説教をする。自分が先に言っておいて、それはない。

だが、逆ピストンの動きがリズミカルになることで、そんなことはどうでもよくなった。

「あ、あ、あん、素敵……硬いオチンチン、とってもいいわ」

あられもないことを口走り、快楽を求める三十路の新妻。夫は五十路手前だから、勃起力は若い牡に敵《かな》わないのではないか。

それから、回数も。抜かずの二発は、さすがにもう無理だろう。

だったら、若さゆえの元気を見せてやろうと、陽一郎は腰を勢いよく跳ねあげた。

「きゃふッ」

膣奥を突かれ、裕美が甲高《かんだか》い嬌声を放つ。彼女の動きに合わせて、何度も深く抉るうちに、人妻の表情が淫らに蕩けてきた。

「そ、そんなにされたら……感じすぎちゃう」

呼吸をはずませ、目をトロンとさせる。中出しされた精液が結合部の隙間から垂れたようで、陰嚢が温かなもので濡れるのがわかった。

「いやあん、激しい」

それは莉子の声だった。義母の華芯に肉棒が出入するところを、真後ろから見物しているらしい。

見られているとわかって、ますます昂奮する。陽一郎は休みなく腰をはずませ、年上の女を乱れさせた。

「ああ、あ、深いの。気持ちいいッ」

生真面目な秘書ぶりからは想像もできない、女をあからさまにした姿。けれど、幻滅することはない。かえって親近感が湧いた。

（いくら社長が気さくでも、最高責任者に仕えていれば気苦労はあるだろうし、いつも緊張しているんじゃないのかな）

仕事の重圧を解き放ち、たとえ一時でも癒やしを与えてあげたい。そんな思いを胸に、陽一郎は秘書の秘所を抉った。これが御奉仕課の任務なのだと、使命感にもかられて。

おかげで、悦びにまみれつつも、たやすく上昇することはなかった。まあ、一度目でおびただしく発射したのだから当然か。

「くうう、い、イキそう」

頂上が近いことを伝えられ、抽送スピードを上げる。もしも濡れていなかったら、こすれて火が点くのは間違いないというぐらいに。

「イヤイヤ、あ、イッちゃう、イク、イクイクぅ」

前屈みの姿勢もとれなくなり、裕美が倒れ込んでくる。縛られたままだったので、残念ながら抱きとめてあげることはできなかったが、それでも腰を懸命に上げ下げし続けた。

「くはッ、ア、はあああ、ああ……」

半裸のボディをビクビクと痙攣させた後、三十路妻が脱力する。陽一郎の上から崩れ落ちるように離れると、隣で仰向けになった。

「はぁ、はぁ――」

胸を上下させ、深い呼吸を繰り返す。しどけない姿に、いきり立ったままの陽根が名残惜しむように脈打った。

(もっとしたかったな……)

その思いが通じたみたいに、猛るものが握られる。

「え?」

莉子だった。牡汁と愛液のミックスジュースがべっとりまといついたものを手にして、ヌルヌルと摩擦する。

「り、莉子さん、あ――」

亀頭の段差を指の輪でこすり上げられ、陽一郎はたまらずのけ反った。

「まだこんなに元気なのね」

うっとりした声音で言い、顔を伏せた二十二歳の娘が強ばりを頬張った。

「うああ」

ピチャピチャとしゃぶられ、歓喜に身をよじる。セックス直後のフェラチオは、やけに新鮮であった。

「ぷは——」

莉子が脈打つ剛直を解放する。こびり付いていたものは、すべて舐め取られたようだ。口の中が粘つくのか、彼女は何度も唾を呑み込んだ。

刺激されっぱなしの肉茎は、全体に赤みが増している。それでもまだ足りないとばかりに、新たな先走りを溢れさせた。

「ねえ、これ、わたしにもちょうだい」

義母の乱れっぷりに煽られたのか、娘が欲情の眼差しを向けてきた。そのおねだりに答える前に、

「ほら、莉子ちゃんも気持ちよくしてあげて」

いつの間にか身を起こした裕美が、顔を覗き込んできた。

「あ、はい」

うなずくと、ようやく両手の縛めがほどかれる。

交代して仰向けになった莉子に、陽一郎は身を重ねた。猛る分身は裕美が脇から手を入れ、秘園に導いてくれる。

けれど、すぐには挿入させず、保護者らしく確認をした。

「莉子ちゃん、生理はいつ？」

「え？　あ、ええと、ちょうど真ん中ぐらいかも」

「だったら中で出さないほうがいいわね」

裕美はうなずき、陽一郎に指示をした。

「出そうになったら抜いて、オチンチンをわたしに向けなさい。おしゃぶりして、お口に出させてあげるから」

「はい、そうします」

なんと至れり尽くせりなのか。もちろん、断る理由はない。

「それから、自分がイク前に、ちゃんと莉子ちゃんをイカせてあげるのよ」

「ええ。頑張ります」

これぞ娘を思う母心だ。

「それじゃ、挿れてあげて」

肉槍の穂先は、熱い潤みをしっかり捉えている。裕美の指がはずされると、陽一郎はすぐに突き進んだ。

「あふぅうーン」

男を受け入れた莉子が、喘いで身を震わせる。

（ああ、気持ちいい）

陽一郎も息をはずませた。彼女とはさっきも交わったが、他の膣を味わったあとということもあって、新鮮な快さを感じる。

「ねえ、突いて、いっぱい」

淫らな求めに応じて、逞しく脈打つものを濡れ穴に出し挿れさせる。

「ああん、感じるぅ」

莉子が甘える声でよがった。

腰を振りながら、陽一郎はふと思った。

（こういうのって、母娘《おやこ》どんぶりっていうんだよな）

もっとも、ふたりは義理の関係だから、その表現は正しくないのか。

（いや、そんなことはないぞ）

食べ物の親子丼だって、あれは本当の親子ではない。卵と鶏肉のあいだに、血縁関係などないからだ。

だとすれば、これを母娘どんぶりと呼ぶことに、何の支障があろうか。などと、どうでもいい理屈をこねながら、陽一郎は若い女体を責めまくった。

「あ、あ、あ、いいの、いい。もっとぉ」

貪欲に悦びを求める娘の姿は、さっきしたときと異なっている。荒《すさ》んだ感じがなくなり、安心しきっているかに見えた。

(そばに裕美さんがいるからなんだな)

新しい母親に反発していたようでも、実は心の中では求めていたのではないか。

「気持ちいいの、莉子ちゃん」

愉悦に漂う娘の額や頬を、母が優しく撫でる。義理の関係でも、ふたりは本物の親子なのだ。

「う、うん……もう、オマンコが溶けちゃいそう」

「よかったわ。もっと気持ちよくしてもらいなさい」

「うん。あ、ああっ、硬いのが、奥まで来てるぅ」

あられもなく乱れる莉子を見つめながら、裕美がブラウスを脱ぐ。ブラジャーもはずして、一糸まとわぬ姿になった。

あるいは、精液をお口で受け止めるときに、汚さないための準備なのか。思ったものの、そうではなかった。

「ねえ、莉子ちゃんのあとで、もう一回いい？」

全裸の人妻が、肩に縋って耳打ちをする。心地よい締めつけを浴びている分身が、思わずピクリと脈打った。

（なんか、際限がないみたいだぞ）

このまま母と娘に、睾丸が空になるまで精を搾り取られるのではないか。わずかな不安も快感への期待に押し流され、陽一郎は「もちろん」と答えた。

第五章　わたしも癒やして

1

「郷田さんが元気になってよかったわ」

社長室の応接セットで向かい合った百合が、しみじみと言う。陽一郎は「ええ」とうなずいた。

もっとも、さっき前室で見た裕美は、以前とまったく変わらないように見えた。相変わらずきちっとした身なりで、表情も堅かった。

(あのとき、すごくいやらしい顔をしていたのに)

もちろん、莉子も交えた三人でしたときのことだ。

あの日は、裕美の中に二度も精を放ったのである。いや、莉子とのセックスでイキそうになって、口に出したのも含めれば三度か。しかも人妻秘書は、ほとばしりを躊躇なく喉に落としたのだ。

　そのあとの交わりでも、彼女は貪欲だった。正常位から始まってバックスタイル、騎乗位と変え、最後にもう一度正常位でペニスを受け入れた。終わるまで、三回は昇りつめたはずである。

　あれはすでに先週のことであるが、陽一郎は細部に至るまではっきりと憶えている。三人でしたのは初めてだったし、印象深いひとときだったからだ。

　ところが、さっき社長室に来て顔を合わせたとき、裕美はあの日の出来事がまやかしだったのかと思えるほどに素っ気なかった。

　いや、素っ気ないというのは正しくない。彼女は社長秘書として、相応しい振る舞いをしただけなのだ。だいたい、近くに百合がいるのに、色めいたやりとりなどできるはずがない。

　ただ、そう考えると、百合は裕美のどこを見て、元気になったと判断したのか。

「本当に、榊君はよくやってくれているわ」

「あ、いえ」

「郷田さんの件も、まさか娘さんと確執があったとは思わなかったもの。ううん、当然考慮すべきだったのに、わたしとしたことが気が回らなかったのよ」

今回の報告書は、夫である総務部長の娘と反りが合わず、話し合いをしてもらうことで解決したとまとめたのである。当然ながら、実際にあったことなど一行も書けるはずがなかった。

「いえ、僕も総務部長に話を伺って、初めて知ったんですから」

「だけど、わたしは社長として、社員の情報を掌握している立場なのよ。総務部長に連れ子がいたこともわかっていたし、ただ、娘さんはもう社会人になっていたから、問題があるとは考えなかったの」

百合がやり切れなさそうにかぶりを振る。

「つまり、本来なら榊君に――御奉仕課に担当してもらうまでもなく、わたしのほうで話を聞けば解決できた問題だったのよ」

報告書で簡単に書いたものだから、自分でやってもよかったのではないかと、彼女は思ったようだ。何しろ、日々接している秘書のことなのだから。

けれど、陽一郎がどうにか母娘の仲を取り持てたのは、かなりの変則技を使ったからなのである。それに、年の近い男だったから、莉子もああいう無茶な提案ができたと言えよう。

（社長が出たところで、必ず解決できたとは限らないぞ）

特に莉子のほうが、ますます反発した可能性が大だ。陽一郎が社長命令で訪れたことを告げても、関係ないと突っぱねたぐらいなのだから。

とは言え、そんなことを百合に言っても始まらない。どうにか他の話題に切り替えねばと思ったとき、彼女が「ふう……」とため息をついた。

それも、かなり参っているふうに。

（あれ、どうしたんだろう？）

もともと溌剌《はつらつ》としたひとだったし、少なくとも陽一郎の前では、常に強気で強引だった。弱気な部分など、これまで見せたことがなかったのだ。裕美と莉子のことだって、以前の彼女だったら、自分がやればよかったなんて内省的なことは口にしなかったはず。

そう言えば、表情もどこか沈んでいる。今日はグレイのパンツスーツで、着ているものも普段より地味だった。これも内心の表れではないのか。

「あの、お疲れなんですか？」

訊ねると、百合がハッとして顔をあげる。

「え？　ああ、ううん。そんなことないわ」

答える声にも覇気がない。充分、そんなことがありそうだ。

「そう言えば、今日はどんなご用件なんでしょうか？」

「どんな用って、べつに……」

「え、御奉仕課の任務の件じゃないんですか？」

「ううん。ただ榊君がよくやってるから、ねぎらおうと思って」

本当にそうなのかなと疑問を抱いたとき、ドアがノックされる。

「失礼します」

秘書の裕美が、一礼して入室する。手に持ったトレイに、コーヒーがふたつ載せてあった。

「ああ、ありがとう」

前もって頼んでおいたのか、百合が手短に礼を述べた。

白いカップとソーサーは、いかにも高級品っぽい趣がある。ひとつが百合の前に、続いてもうひとつが陽一郎の前に置かれた。

「どうぞ」

「あ、すみません」

軽く頭を下げたとき、前屈みになっていた裕美と目が合う。その瞬間、彼女が素早くウインクをした。

(え?)

ドキッとしたものの、社長の前で妙な素振りは見せられない。裕美もすぐに下がったから、陽一郎は何事もなかったかのように振る舞った。

「さ、飲んで」

「はい。いただきます」

カップを持ちあげると、ソーサーの上に小さなメモがあった。

(え、裕美さんから?)

百合の視線がこちらに向いていないのを確認し、素早く手に取る。そこには、小さな字でこう書かれてあった。

『社長を慰めてあげて』

間違いなく、裕美のメッセージなのだ。

(慰めるって、社長はやっぱり疲れているのかな)

だが、ただ疲れているだけなら、慰めてとは書かないのではないか。

そのとき、陽一郎は不意に思い出した。最初に社長室へ呼ばれたとき、百合に言われたことを。

『世の中は未だに男社会で、無能な男たちが世の中を動かしているわけ。これは我が社も例外じゃないわ。社長のわたしは女だけど、他の役員連中はみんな男だもの』

『そういう歪んだ現状のしわ寄せが、みんな女性のところに集まっているの。女性が能力に見合った活躍ができないのは、馬鹿な男たちのストレスで押し潰されそうになっているからなのよ』

あれは女性社員たちの境遇を慮《おもんぱか》っての発言だと思っていた。しかし、百合自身もストレスフルな状況に置かれ、かなり参っているのではないか。

それが仕事上のことなのか、それともプライベートも絡んでいるのかはわからない。訊ねても、教えてもらえない気がした。

なぜなら、社長という立場では、安易に他に助けを求めることができないからだ。自らが創設した御奉仕課に頼るのも、公私混同になると躊躇するであろう。

(いや、方法はちゃんと残されているぞ)

他ならぬ百合自身が、こう言ったではないか。

『誰をフォローしてほしいっていうのは、わたしから連絡するけど、榊君が必要だと感じたら、自分の判断で行動してもいいわ』

今がそのときなのだと、陽一郎は悟った。そして、どうすればいいのかも、素早く考える。

「社長。それでは、御奉仕課の職務に戻ってもよろしいでしょうか」

陽一郎が意を決して告げると、女社長がきょとんとした顔を見せた。

「職務って、わたしはまだ次の対象を伝えていないわよ」

「でも、社長はおっしゃったじゃないですか。僕の判断で、必要だと感じたら行動してもいいと」

「まあ、それはそうだけど……だったら、誰の悩みを解決するの？」

「社長です」

「え？」

「真上百合さんを、御奉仕課として癒やします」

これに、彼女がうろたえたふうに目を泳がせる。けれど、まったく予想していなかったわけではなく、期待する部分もあったのではないか。

さすが社長だけあって、百合は間もなく平常心に戻った。むしろ挑発的な眼差しで、陽一郎を見つめる。

「面白いじゃない。つまり、わたしが悩んでいると、榊君は思うわけね」

「はい。違うんですか？」

問いかけに、彼女は答えなかった。代わりに、別の質問を投げかける。

「それじゃあ、どんなふうに癒やしてくれるのかしら？」

「はい。全力で奉仕させていただきます」

「え？」

怪訝な面持ちを見せる百合から目を離さず、陽一郎はソファーからすっくと立ちあがった。ローテーブルを迂回して、彼女のそばに移る。

いつも坐っている上座のひとり掛けではなく、百合は対面の三人掛けにいたのだ。それも何か期待してのことではないか。

「失礼します」

断ってから、隣に腰をおろした。

女社長とこれまでで最も近い距離になったにもかかわらず、陽一郎は緊張も畏縮もしていなかった。御奉仕課になってから、人妻たちと様々な経験を積んだおかげであろう。

加えて、今の百合は社長である以前に、ひとりの女性であることを痛感したからだ。

(会社のトップともなれば、気苦労なんておれたち一般社員の比じゃないものな)

しかも、夫を亡くした未亡人なのである。プライベートでも縋るべきパートナーがおらず、吐き出したいことをすべて胸の内に秘めてきたに違いない。

と、なれば、慰める方法はただひとつだ。

「では、よろしいですか？」

からだを横に向け、間近になった美貌を真っ直ぐ見つめて訊ねる。

「ずいぶん大胆なのね」

表情の威厳はそのままながら、声がかすかに震えている。相手はずっと年下でも、男を前にして緊張を隠しきれないようだ。

「そうじゃなきゃ、御奉仕課は務まりませんから」

笑顔で答えるなり、陽一郎は百合をいきなり抱き寄せた。

「あ――」

小さな声が洩れ、反射的な抵抗がある。だが、それも長くは続かない。

「本当に大胆……」

観念したようなつぶやきが聞こえた。

四十一歳の女社長は、入社二年目の陽一郎から見ればずっと大人で、近寄るのさえはばかられる存在であった。けれど、腕の中にいるのは、思ったよりもずっと華奢《きゃしゃ》で、か弱さすら感じるひとりの女性だ。

（けっこう可愛いひとなのかも）

抱いたことで、それを実感する。もしかしたら、これまで関係した三人の人妻たちの誰よりも、繊細なのではないかと思えた。

なのに、威厳の鎧《よろい》を身にまとい、社長として多くのものと闘ってきたのだ。疲れて落ち込み、泣きたくなったとしても、どうして責められよう。

「大変だったんですよね」

静かな声でねぎらい、背中を優しくさする。すると、彼女も腕を陽一郎の背中に回した。

「もっとギュッて抱いて」

掠《かす》れ声のお願いに応え、しっかり抱擁する。

そのまま、どれぐらいの時間が流れただろうか。

百合が身をモゾつかせたので、陽一郎は腕の力を緩めた。そっと身を剥がした彼女の目は、泣いたあとみたいに赤くなっていた。

とは言え、涙の跡はない。ひと前で泣かないのは、社長としての信念なのかもしれなかった。

「……やっぱり、わたしの目に狂いはなかったわね」

照れくさそうに視線を逸らした百合が言う。

「え、何がですか？」

「榊君を御奉仕課に抜擢したこと。思ったとおり、ううん、予想以上に相応しい人事だったわ」

自画自賛しているようながら、それは陽一郎に向けた感謝の言葉でもあった。

「だけど、僕はもともと頼りないだけの男だったんです。たぶん、社長に機会を与えていただいたおかげで、成長できたんだと思います」

「そうね。それはわたしも同感だわ」

彼女が手をのばし、陽一郎の頬を撫でる。いかにも年上っぽい振る舞いながら、甘えているようにも感じられた。

「なんて言うか、男の顔になったなって思うわ。頼りがいも出てきたし、今も榊君に抱き締めてもらって、すごく安心できたもの」

「そう言っていただけると光栄です」

「これも、いろいろな経験を積んだからなのかしら」

どこか思わせぶりなふうに聞こえたものだから、陽一郎はドキッとした。

（まさか、社長は——）

御奉仕課として活動する中、女性たちと淫らな経験が多くあったことを知っているのだろうか。

(いや、そんなことはないか)

関係のあった人妻たちが、百合に事の経緯を報告したとは思えない。唯一可能性があるのは裕美であるが、あの部屋であったことを振り返ると、とても口外できるようなことではないのだ。

ただの印象を口にしただけなのだと考え直したものの、期待に満ちた眼差しを向けられて動揺する。

「ところで、もう終わりなの?」

百合が訊ねる。そうであってほしくないという願望が、面差しに顕《あらわ》れていた。

「いいえ。まだこれからです」

答えたものの、具体的なプランがあったわけではない。さすがにこんな場所で、あれこれ致すわけにはいかないと思ったのだ。

しかしながら、他ならぬ百合が、その状況をこしらえてくれる。彼女はローテーブルの下にあったリモコンを手に取ると、ボタンを押した。

カチャッ――。

何かがロックされた音が聞こえる。ドアのほうからだ。

「これで誰も入ってこられないわ」

そう言った女社長は、目許を赤らめていた。女を感じさせる上目づかいに、陽一郎の心臓が音高く鼓動を刻む。

（でも、裕美さんにはバレちゃうかも）

思ったものの、秘書の彼女とだって、バレてはまずいことをしたのだ。それに、こうなることを見越して、あのメモを渡したのであろう。気にする必要はない。

「では、これからが本番ですね」

陽一郎は自信たっぷりに告げた。

2

百合は自ら着ているものを脱いだ。陽一郎が先に手をかけたのであるが、自分でするからと拒んだのである。

それは年上としての慎みゆえなのか。だったら、彼女が脱ぎやすいようにしなければならないと、陽一郎は素早く全裸になった。

「気が早いのね」

あきれた顔を見せつつ、百合も素肌をあらわにする。もっとも、さすがにすべてを晒すのは抵抗があったようで、茜《あかね》色のパンティのみを残した。

坐っていた三人掛けのソファーは、背もたれが倒れて簡易ベッドになる。そこに彼女を仰向けにさせ、陽一郎も寄り添った。

香水の香りと、熟女本来の甘ったるい匂いがミックスされ、なまめかしいフレグランスとなる。その時点で、ペニスは最大限の膨張を示していた。

「恥ずかしいわ……」

百合がつぶやき、クスンと鼻をすする。室温は温かく保たれているから、寒いわけではない。

「どうしてですか？　こんなに素敵なからだをしているのに」

「だって、もう四十一なのよ」

だが、色白のボディは均整が取れている。肌も綺麗で、年齢など感じさせない。

まあ、いくらプライバシーが保障されている社長室でも、いちおう会社内なのだ。裸になって落ち着ける場所とは言えない。だからさっきから、両腕で庇《かば》うように乳房を隠しているのか。

「でも、社長は魅力的です。僕と十六歳も違うなんて信じられないぐらいに」

告げるなり、彼女が眉をひそめる。自ら口にしたとは言え、年齢のことには触れないでもらいたいらしい。

だったら、態度で示すしかないと、胸元を隠す腕の一方を引き剝がした。

「だ、ダメよ」

おっぱいを見られると思ってか、百合は抵抗した。けれど、手を下に導かれたことで、そうではないと察したようである。

「あ……」

手にしたものを、反射的に強く握る。それは牡のシンボルだった。

「うう」

快さに呻き、陽一郎は無意識に腰を前後に動かした。

「すごく硬いわ」

手指に強弱をつけてつぶやき、彼女が甘える目で見つめてくる。

「いつからこうなったの？」

「社長のハダカを見たときからです。いえ、その前から、こうなることを期待してふくらんでいました」

「やっぱり若いからなのね」

「え？」

「榊君ぐらいの年だと、木の節穴にだってこれを突っ込みたくなるんでしょ？」

性欲が有り余っているから勃起したように捉えたのか。しかし、そんなのはせいぜい十代までだ。

「中高生じゃあるまいし、違いますよ。それだけ社長が魅力的だからなんです」

「ねえ、それはやめて」

「は？」

「こんなときに、社長なんて呼ばないで」

それもそうだなと、陽一郎は呼び方を改めた。

「百合さんは、とても素敵な女性です。性的魅力だって充分すぎるぐらいありますし、僕はさっきからそそられっぱなしなんです」

「……そう。ありがと」

「だから、これをどけてください」

彼女は片腕で、しつこく乳房を隠していたのだ。けれど、それをはずさせるのは難しくなかった。

「もう、いやらしい子ね」

渋々という態度ながら、双房をあらわにする。

仰向けのため、盛りあがりはそれほど大きくない。かなりの軟乳のようで、重力に逆らわず体側のほうに流れているからだ。

それを掬《すく》い上げるようにして集め、ぷるぷると揺らしながら揉む。

「うウン」

悩ましげに呻いた百合が目を閉じる。眉間に浅いシワが刻まれた。

乳首は薄いワイン色で、突起も小さめだ。幼さすら感じる眺めに胸を高鳴らせつつ、陽一郎はそこに吸いついた。

「あふっ」

熟女の上半身がわななく。縋りつくみたいに、若い男の頭をかき抱いた。

舌ではじかれる乳頭が、たちまちふくらんで硬くなる。素早い反応は、性感が豊かな証だ。

母親になっていてもおかしくない年齢でも、百合に子供はいない。ここを幼子に吸わせたことはないわけである。

ただ、夫を亡くしてから、他の男にからだを許したことはあるのだろうか。

（いや、それはないな）

二代目社長になると決まってからは、仕事ひと筋だったと信じられる。それを何よりも優先してきたはずだ。

そうやって頑張ってきた女性だからこそ、癒やしてあげねばならない。

両方の乳首をねぶられるあいだ、百合は秘茎を握りしめていた。手を動かして愛撫する余裕もなかったらしい。やはり彼女の周りに、男はずっといなかったのだ。

「ハァハァ……」

胸元から顔を離すと、女社長は瞼を閉じたまま、息をせわしなくはずませていた。額と首筋に、薄らと汗が光る。

（けっこう感じたのかも）

彼女は静かに喘ぐぐらいで、声はほとんど出さなかった。けれど、相応に快感を得ていた様子である。もしかしたら隣の部屋にいる秘書を気にして、よがり声を抑えていたのかもしれない。

では、下はどうかなと、陽一郎は指でパンティの中心を探った。

ピクン――。

女体が波打つ。指が捉えたクロッチの中心は、確かな湿り気があった。

（やっぱり濡れてるぞ）

喰い込んだところを上下になぞると、百合が「あ、あっ」と声を上げた。

「そ、そこダメ」

声を震わせ、内腿で指を強く挟む。

「どうしてですか？」

訊ねると、彼女はそろそろと瞼を開いた。

「そこ、いじられると……切なくなっちゃうから」

濡れた瞳は恥じらいを湛えており、胸苦しさを覚えるほどに色っぽい。

「わかりました」

素直に指をはずしたのは、早く次へ進みたかったからである。しなやかな指に捉えられた分身が、やるせない疼きにまみれていたのだ。

陽一郎が身を起こすと、屹立の指がはずされる。下半身に移動し、最後の一枚に手をかけるなり、未亡人が身を堅くしたのがわかった。

「脱がせますよ」

声をかけ、ゴムを足元に向けて引っ張る。緊張を隠せないままに、彼女はヒップを浮かせて協力してくれた。

パンティを爪先からはずすとき、それとなくクロッチの裏地を確認すると、透明の蜜がいびつなかたちで付着していた。

（したくなってるんだな、百合さん）

おそらく、すぐにでも挿《い》れてもらえると思っているのではないか。だが、その前にやることがある。

脚を開かせても、百合は抵抗しなかった。ただ、羞恥が著しいようで、再び瞼を閉じてしまう。

それは陽一郎には都合がよかった。

なだらかに脂ののった下腹に、漆黒の恥毛が逆立っている。範囲は広くないが、一本一本はよく縮れ、濃いめの印象だ。

その真下に、わずかにほころんだ裂け目がある。スミレ色の花弁が、片側だけ大きくはみ出していた。

（ああ、百合さんのアソコ——）

社長でもある美熟女の、秘められた部分だ。全社員の中でこれを目にしたのは、おそらく自分だけであろう。

そのことを誇りに感じつつ、陽一郎は顔を寄せた。

中心からたち昇るのは、入浴剤を使用した風呂の残り湯を思わせる、馥郁《ふくいく》とした秘臭だ。わずかに磯《いそ》くささはあるものの、これまで嗅いだ女性たちと比較しても、かなりおとなしいフレグランスであった。

（やっぱり社長だから、常にアソコを清潔にしているのかもと、ほとんど関係ない理由をこじつける。そのとき、

「ちょっと、何してるの？」

百合の声が聞こえてギョッとする。見ると、頭をもたげた彼女が、咎める視線を向けていた。

こうなったらしょうがないと、陽一郎は了解も求めず蜜園に顔を埋めた。どうせ許されるはずがないと、わかっていたからだ。

「キャッ、だ、ダメ」

抗って逃げようとする熟れ腰を両手で捕まえ、華芯に差し込んだ舌を躍らせる。すると、悲鳴がますます大きくなった。

「イヤイヤ、そ、そこはダメよぉ」

じたばたと暴れる足が、陽一郎の肩や背中を蹴る。しかし、この程度で怯むわけにはいかないと、最も敏感なところを急いで探った。

「あひッ！」

鋭い嬌声が聞こえるなり、熟れボディが強ばる。ここぞとばかりに秘核狙いで責め続ければ、反応が色めいたものになった。

「だ……ダメぇ、そ、そこ——あ、あああ、ンふぅうう」

艶腰がくねり、下腹がヒクリヒクリと波立った。

百合の蜜は粘っこく、甘みがあった。もっと味わいたくなって、舌を細かく律動させると、膣口からトロトロと溢れ出す。

「いやぁ、そ、そんなにしないでぇ」

なじりながらも、声音が甘えたものになっている。言うことを聞かない役員にも、こんな感じでお願いすれば、たちまち従順になるのではないか。

もちろん、百合がそんな色芝居を打つはずがない。

挿入前に、クンニリングスで絶頂させるはずであった。ところが、あるところまで上昇するなり、再び抵抗が強まったのである。

「も、もうやめて。こらっ、やめなさい」

それが本心なのか量りかねて、尚も秘芯ねぶりを続けていると、

「やめないと、クビにするわよっ！」

この叱声に、さすがに陽一郎も仰天した。慌てて陰部から顔を離すと、即座に太腿が閉じられる。

「まったく……調子に乗るんじゃないの」

身を起こし、息を荒くしながらも、百合が眉をひそめて睨んでくる。頬が色っぽく紅潮していた。

「す、すみません」

陽一郎は即座に土下座した。クンニが理由で解雇になったら、故郷の両親に申し訳が立たない。

「社長命令が聞けないの？　これは立派な職務違反よ。クビにされても文句は言えないんだからね」

彼女はまだ怒りがおさまらない様子だ。もっとも、本当に会社を辞めさせるつもりはなく、若い社員の口淫奉仕で昇りつめるのが、恥ずかしかったのであろう。クビ云々《うんぬん》というのは照れ隠しだ。

「だいたい、いくら御奉仕課だからって、ここまで奉仕することはないの」

「はい、すみません」

陽一郎は改めて頭を下げた。すでに御奉仕課として、それ以上の奉仕をしてきたことなど、口が裂けても言えない。

素直に謝ったことで、百合も機嫌を直してくれた。とは言え、これでおしまいとはならない。

「ところで、どうなってるの？」

「え？」

「榊君のアレ、どうなってるの？」

さすがに社長ともなると、そのものずばりの単語は口にできないらしい。まあ、年齢的な慎みもあるのだろうが。

「あ、ええと、勃ってます」

「だったら、そっちで奉仕しなさい」

再び横たわった女社長が、両膝を立てて脚を開く。牡を迎えるポーズを取ってから、今一度忠告した。

「今度、アソコを舐めたら、背任罪で懲戒解雇だからね」

大袈裟なと思ったものの、ここは逆らわないほうが身のためだ。

「はい、わかりました」

「それじゃや、挿れなさい」

陽一郎は百合に覆いかぶさりながら、

（ひょっとして、バックでセックスしたら、それも背任罪になるのかな？）

と、くだらないことを考えた。

少しも勢いを失っていない肉根が、唾液と愛液で濡れた女芯にめり込む。

「熱いわ……」

粘膜同士の接触に熱を感じたようで、彼女が悩ましげにつぶやいた。

「それじゃ、行きます」

「ええ、来て」

陽一郎は真っ直ぐに進んだ。

丸い亀頭が狭い入口を圧し広げる。百合が苦しげに呻いたのは、久しぶりの行為だからだろう。

それでも、径の太いところがぬるんと乗り越えたあとは、根元までスムーズに入り込んだ。

「はああっ」

熟女が声をあげてのけ反る。なめらかな肌にさざ波が立った。

「むうう」

熱い締めつけを浴びて、陽一郎も呻いた。

内部の温度は、これまで体験した中で最も高い。それだけ情愛が溢れているように感じる。

さらに、適度な締めつけにも、快さがふくれあがった。意識してか無意識にか、迎え入れたものを確認するみたいに、蜜穴がキュッキュッとすぼまったのだ。

「ああ、百合さんの中、最高に気持ちいいです」

感動を込めて告げると、閉じていた瞼が開かれる。ずっと年下の男に、濡れた眼差しを向けた。

「榊君のも、硬くって大きいわ」

口にしてから恥じらい、うろたえる。陶酔の心地ではしたないことを言ってしまい、後悔しているようだ。

そんなところが、年上とは思えないぐらいに可愛い。

「もっと気持ちよくなってもいいですか？」

自分本位で問いかけたのは、女社長の立場を慮ってのことだ。平社員の分際で、気持ちよくしてあげますなんて僭越なことは言えない。

「ええ、いいわよ」

彼女は許可を与えたものの、大事なことは忘れなかった。

「だけど、出すのは外にしてちょうだい」

慎重で思慮深いところは、さすが社長の器である。

「わかりました」

陽一郎は腰を前後に動かした。最初はゆっくりと。徐々に速度を上げる。

「ああ、ああ、すごくいいです」

大袈裟なぐらいに声をあげたのは、百合が心置きなく快感に身を任せられるようにするためだ。

「わたしも気持ちいいわよ」

息をはずませる百合は、簡単に昇りつめる様子がない。もしかしたら、彼女だけ絶頂を迎えずに終わる可能性があった。

だが、表情がとても明るい。若い男との戯れで、だいぶ気が晴れたようである。

(だけど、できればイカせてあげたいな)

リズミカルに腰を振る陽一郎は、少しでも爆発を遅らせようと、女社長に問いかけた。

「あの、社長とセックスしても、背任罪になりませんよね?」

「まさか」

息づかいを荒くしながら、百合が答える。それから、何か思いついたふうに、悪《いた》戯《ずら》っぽい眼差しを見せた。

「仮にバックでしたって、背任罪にはならないわ」

自分と同じことを考えた彼女に、頬が緩む。そして、もしやと閃いた。あるいは願望を口にしたのではないかと。

「だったら、バックでしてもいいですよね」

陽一郎は腰を引き、雄々しく脈打つペニスを引き抜いた。

「え、ちょっと」

戸惑う百合を起こし、四つん這いになってもらう。男に尻を差し出すポーズに、髪から覗く耳が赤く染まっていた。

「もう……恥ずかしいわよ、こんなの」

文句を言いつつ、豊かな丸みを物欲しげにくねらせる。やはりこの体位がお気に入りなのではないか。

「では、挿れます」

ぱっくりと割れた尻割れの狭間、あられもなく晒された蜜芯を、陽一郎は逞しい肉器官で一気に貫いた。

「あああぁっ」

さっきよりも大きな艶声が、社長室の壁にこだまする。

(やっぱりこっちがいいみたいだぞ)

最初から荒々しいピストンで責めると、百合は身も世もなくよがり泣いた。

「いやぁ、は、激しすぎるぅ」

抉られる秘穴が粘っこい濡れ音をこぼし、白い背中がいく度も反り返る。

(ああ、いやらしい)

逆ハート型のヒップの切れ込みに見え隠れする肉根に、白い濁りがまといついた。

「いや、あ、あ、いい、いいの、感じる」

本格的に高まってきた女体を、高速のピストンで責め立てる。熟れ尻に下腹が勢いよくぶつかり、パツパツと湿った音を鳴らした。

(うう、たまらない)

膣の直腸側に粒立ったヒダがあり、それがくびれの段差をぴちぴちとはじくのである。陽一郎も否応なく上昇した。

(いや、まだ駄目だ)

百合を絶頂させなければと、歯を喰い縛る。イカないようにと抽送のタイミングをずらすと、それが熟女社長には快かったらしい。

「いやいや、そ、それダメぇ」

乱れた声を発し、尻の谷間をせわしなくすぼめる。そこからむわっと、蒸れた牝臭がたち昇った。

「あ、あ、いく、イッちゃう」

百合がオルガスムスを予告し、体軀をワナワナと震わせる。間に合ったと、陽一郎も手綱を緩めた。

「いやいやいや、い、イク、くうううっ！」

昇りつめた女体が脱力し、前に倒れ込む。女芯からはずれて反り返った分身は、断《だん》末魔《まつま》の脈打ちを示していた。

陽一郎はそれを握り、猛然としごいた。

「うおおおお」

雄叫《おたけ》びを上げ、精を解き放つ。白いザーメンが雪のように、成熟した女体に降りかかった。


（了）

※本作品はフィクションです。
作品内の人名、地名、団体名等は
実在のものとは関係ありません。

長編小説

人妻《ひとづま》ご奉仕課《ほうしか》

橘 真児《たちばなしんじ》

2019年2月4日　初版第一刷発行

ブックデザイン……………………　橋元浩明(sowhat.Inc.)

発行人……………………………………………後藤明信
発行所……………………………………株式会社竹書房
〒102-0072　東京都千代田区飯田橋2－7－3
電話　03-3264-1576（代表）
03-3234-6301（編集）
http://www.takeshobo.co.jp
印刷・製本……………………………凸版印刷株式会社

ISBN978-4-8019-1740-8　C0193